LA TRILOGIE
LANA BLUM

NUIT BLANCHE AU LYCÉE

Du même auteur,
dans la même collection, la trilogie Lana Blum :

Décollage immédiat
Nuit blanche au lycée
Captive (août 2019)

dans la série Les Vigilantes :

1. Le Foyer
2. La Flamme

HEURE NOIRE

LA TRILOGIE
LANA BLUM

NUIT BLANCHE AU LYCÉE

FABIEN CLAVEL

Ouvrage publié sous la direction de Guillaume Lebeau

RAGEOT

Cet ouvrage a été imprimé sur un papier
issu de forêts gérées durablement,
de sources contrôlées.

Couverture : © Paul Gooney/arcangel-images.com.

ISBN 978-2-7002-5852-3
ISSN 1766-3016

À Cédric, qui ne hurle pas avec les loups.

pour anna

I

D'accord, j'ai déconné.

Mais c'est aussi la faute de ce blaireau de Kylian. Depuis ma tentative de décoloration ratée, il y a trois mois, il me poursuivait de ses moqueries, en m'appelant Barbie, en ridiculisant tous mes efforts pour paraître normale.

J'ai fini par craquer.

Mardi, à la cantine, j'ai rempli mes poches de portions de fromage. J'ai attrapé son Eastpak et je l'ai badigeonné de Vache qui rit avant de le refermer.

C'était puéril mais ça m'a défoulée. J'ai un peu honte de m'être abaissée au niveau d'un collégien immature avec ma vengeance fromagère. Mais au moins, cette fois, je ne l'ai pas frappé. À mes yeux, cela constituait une circonstance atténuante.

M. Caton, lui, n'était pas de mon avis.

Bien sûr, Kylian m'a tout de suite soupçonnée. Insultes. Course-poursuite dans les couloirs. Intervention du proviseur.

Et me voilà, le samedi après-midi, en train de nettoyer les tables de la salle de permanence du lycée Gustave-Caillebotte. Je me demande de quoi j'ai l'air avec mon éponge et mon seau. J'ai beau frotter, je n'arrive pas à effacer toutes les taches d'encre, les mots au blanco, et encore moins les gravures dans le bois.

Sur l'une d'elles, je lis : « Lana Blum = salope ». C'est toujours agréable.

Ma seule consolation, c'est que le mot semble ancien. Il faut dire que je me suis tenue plutôt tranquille ces derniers mois.

Avec ma mère, on a mis en place une sorte de paix armée après les événements d'octobre. Elle ne me cherche pas et, de mon côté, je me contiens. Du coup, c'est plus vivable à la maison. On se réapprivoise petit à petit. Bien sûr, elle m'énerve toujours autant avec ses chignons impeccables et ses uniformes d'hôtesse de l'air tirés à quatre épingles, mais je respire lentement et ça passe.

Au lycée, la situation s'est améliorée aussi. Mes notes sont (un peu) meilleures. J'ai évité soigneusement les mots et les heures de colle. J'ai rejoint le club de journalisme pour apprendre à rédiger des articles et à régler un appareil photo. On a travaillé sur la brochure de présentation de l'établissement, racontant son histoire, détaillant ses caractéristiques.

En sport, j'ai même été félicitée par le prof, M. Lyhus. On devait grimper à la corde, puis sur le mur d'escalade, et je m'en suis à peu près tirée.

Mme Rivière, la psychologue de l'établissement, m'a reçue plusieurs fois. Selon elle, je suis en colère à cause d'un problème d'identité entre ma mère marocaine et mon père qui s'appelle Blum. J'ai fait semblant d'être d'accord et elle a eu l'air contente.

Grâce à mon attitude, j'ai obtenu d'héberger Jérémie à la maison ce soir. On doit aller avoir Nekrozis en concert à Bercy. Maman a fini par accepter qu'il dorme dans la chambre d'amis. Ce n'était pas gagné mais comme elle le connaît et qu'elle le tient en haute estime… Ça va tout de même être la présentation officielle. Le grand saut, peut-être.

Depuis un bon trimestre, on se parle par webcam presque tous les jours, Jérémie et moi. On se raconte nos journées, des choses sans importance. Je dirais bien que je suis amoureuse si le mot ne suintait pas la guimauve. Quoi qu'il en soit, je me retrouve à peu près seule dans le lycée, alors que Jérémie arrive de Budapest pour me voir. On devait passer l'après-midi ensemble avant le concert.

Je crois que je n'ai jamais détesté quelqu'un autant que je déteste Kylian en ce moment. En frottant fort, j'arrive à effacer l'amabilité qu'il a inscrite sur la table. Je suis sûre d'avoir reconnu son écriture. Voilà, c'est maintenant impeccable.

À cet instant, M. Caton rapplique avec ses yeux de mérou triste. Il me regarde longuement et soupire.

– Qu'est-ce que je vais bien pouvoir faire de vous, mademoiselle Blum ?

– En tout cas, pour le ménage, je suis nulle…

À force d'être convoquée dans son bureau, je commence à le connaître. Il se pourrait même qu'il m'apprécie. Je l'amuse.

À mon avis, M. Caton a bordélisé ses profs quand il était jeune et il est content de voir que la tradition continue.

Je contemple le fruit de mon labeur. J'ai réussi à décaper en grande partie les cinquante tables de la salle de perm.

– J'arrive au bout, non ?

Il secoue la tête, accablé, et s'approche de moi. Il est tellement petit que je le dépasse presque. De ses bras courtauds, il soulève une table et la bascule sur le côté. En dessous, je découvre un cauchemar.

Des générations de lycéens se sont amusées à y coller leurs chewing-gums usés depuis la nuit des temps. Il y en a de toutes les couleurs : rose, brun, vert, blanc. J'aperçois des strates sédimentaires. Certaines formes rappellent la configuration des grottes. On pourrait presque les comparer à des peintures rupestres.

– Vous plaisantez, j'espère ?

Pour toute réponse, il me tend une spatule métallique.

– Comme j'ai une vie privée, dit-il, je vais rentrer chez moi. Vous rendrez votre outil à la gardienne quand vous aurez terminé. Et, je vous en prie, ne portez plus ce tee-shirt.

La porte se referme. Je contemple le motif dudit tee-shirt. Il est noir, marqué du logo Nekrozis, et représente le chanteur du groupe découpant des zombies à la tronçonneuse. Je trouve ça du meilleur goût.

Résignée, je me remets au boulot.

Je suis absolument dégoûtée par le comportement de mes petits camarades. Moi j'ai juste vandalisé un Eastpak personnel. Je n'ai pas sali du mobilier appartenant à la collectivité. J'imagine les filles bien habillées, celles qui jouent les saintes-nitouches, en train de coller leur chewing-gum sous leur table avec un sourire innocent. Celles-là ne se font pas choper.

Soudain prise d'un doute, je consulte mon portable dans mon sac à dos. Il est midi trente. C'est l'heure à laquelle j'avais prévu de retrouver Jérémie devant le lycée. J'ai déjà deux appels manqués.

Vérifiant qu'il n'y a personne dans les parages, je lui passe un coup de fil rapide.

– C'est moi. Tu attends depuis longtemps ?

On n'en est pas encore aux petits noms, alors je reste sobre. De toute façon, Jérémie n'est pas du genre expansif.

– *Je viens juste d'arriver. Mon avion a eu un peu de retard.*

Je m'approche de la fenêtre et je jette un œil sur le parc de Choisy en face de l'entrée. Jérémie est là avec son sac et ses dreads blondes. Il a l'air encore plus grand qu'avant. Il est assis sur un banc de pierre, sous les arbres pour se protéger de la pluie.

– Écoute, je ne peux pas sortir du lycée...

– *Tu es collée ?*

Je me mords les lèvres. Comment fait-il pour saisir immédiatement la situation et pour garder son calme ?

– Comment tu as deviné ?

– *Avec toi, ça me semblait une hypothèse envisageable. Je suis sûr que tu es en train de te mordre les lèvres.*

Je fais la moue et décide de ne pas répondre. Chaque minute de plus passée sans Jérémie m'apparaît comme une affreuse perte de temps. Presque malgré moi, mon esprit échafaude un plan machiavélique.

– Jérémie ? J'ai une idée. Est-ce que tu vois la gardienne ?

Il ne répond pas mais se lève. Une des choses que j'aime chez lui : il a confiance en moi.

Il s'approche des grilles, les franchit et jette un œil dans le hall qui se trouve juste en dessous de la salle de permanence.

– *Il n'y a personne.*

– Ne bouge pas, je descends te chercher.

Je raccroche et balance la spatule derrière moi. Quitte à accomplir le travail qu'on m'a donné, autant que ce soit en bonne compagnie. Je dévale les escaliers et débouche dans le hall avec ses grandes fleurs rouges peintes sur fond vert.

Mon cœur bat à toute vitesse. À cause de la course. Parce que je vais accueillir Jérémie en douce dans l'établissement. Et aussi parce que je vais le voir enfin après trois mois de webcam.

Par chance, la gardienne a commencé sa tournée. Elle vérifie que toutes les portes sont bien fermées pour le week-end. Je fais signe à Jérémie d'approcher. Il m'aperçoit à travers les portes vitrées et marche tranquillement dans ma direction.

Jérémie, c'est l'incarnation du zen. Moi, je suis plutôt une boule d'énergie.

Je lui attrape la main et je l'entraîne vers les escaliers. Dès qu'on a quitté le hall, je m'arrête et me retourne. Il a vraiment un physique de basketteur, tout en longueur. Doucement, il me prend dans ses bras. Le baiser qu'il dépose sur mes lèvres efface d'un seul coup mes angoisses. Je suis bien.

À cet instant, j'entends quelqu'un approcher.

2

Ma première pensée est que le lycée est truffé de caméras et que l'entrée de Jérémie a été remarquée. Je risque d'écoper d'heures de travail d'intérêt général et surtout de fiche en l'air mon week-end avec mon copain.

Je me dégage brusquement de son étreinte, le pousse derrière moi. Bien sûr, c'est idiot, il me dépasse de deux têtes. Puis je m'avance dans l'escalier tandis qu'il reste planqué dans un recoin.

Je me retrouve face à M. Faraz. L'homme de ménage est en train de passer la serpillière en haut de la volée de marches. D'habitude, il écoute sa radio en travaillant mais son chariot est plus loin dans le couloir du premier étage et je n'ai rien entendu.

– Encore vous, Lana Blum ! s'exclame-t-il avec son accent pakistanais.

M. Faraz et moi, c'est une longue histoire. En débarquant à Gustave-Caillebotte, j'ai eu une période tags et graffitis. Courte, mais il ne me l'a jamais pardonnée.

Depuis, à chaque fois qu'on se croise, il m'adresse un regard noir et sa moustache se raidit.

Là, il pointe vers moi un doigt accusateur :

– Vous avez encore dégradé l'établissement !

– Non, cette fois, j'ai seulement mis du fromage dans le sac de Kylian.

Il a un moment d'incrédulité. Puis un vague sourire se dessine sur son visage.

– Vous avez bien fait. Kylian est un crétin. Il jette ses papiers par terre. Je l'ai vu.

Pour la première fois, je me sens prise d'un élan de tendresse envers M. Faraz. Avec un petit rire, l'homme de ménage remonte les escaliers pour aller rincer sa serpillière.

Je me tourne vers Jérémie qui m'attend tranquillement.

– Bien joué.

Je reçois le compliment avec beaucoup de fausse modestie. Comme je suis un peu gênée par notre proximité, je décide de prendre les devants.

– Viens, je vais te faire visiter, puisque tu es là.

Il saisit ma main et je l'entraîne au rez-de-chaussée. Le lycée est construit en demi-cercle coupé par un préau. Ça lui confère des allures de château fort, d'autant qu'il est entouré de hautes grilles en fer forgé.

Je lui montre le sous-sol où se trouvent un immense gymnase et une salle de conférences toute neuve. J'en profite pour mentionner l'une des légendes du lycée qui fait froid dans le dos : un élève aurait été emmuré dans les fondations. Jérémie hoche la tête, intéressé.

– Il y avait une usine avant qu'ils construisent l'établissement.

J'explique tout très rapidement, avide de donner à Jérémie les détails que j'ai appris en rédigeant la brochure de présentation de Gustave-Caillebotte. Il m'observe si tendrement que j'en rougis.

– Qu'est-ce qu'il y a ?

– Tu m'as l'air en forme. Quand on s'est rencontrés, tu étais vachement sur la défensive, méfiante. Aujourd'hui, tu es plus détendue avec les gens.

J'ai envie de lui dire que c'est grâce à lui mais les mots ne sortent pas. J'ai encore des progrès à faire. Pour masquer mon trouble, je continue à jouer les guides.

– Au rez-de-chaussée, il y a l'administration, l'infirmerie, la salle des profs et la cantine. Au premier, les salles de français. Au deuxième, les sciences. Et tout en haut, sous les toits, les salles d'arts plastiques.

Jérémie s'approche de moi et dépose un nouveau baiser sur mes lèvres. Mon ventre se noue, parcouru d'une chaleur agréable.

– Tu m'écoutes au moins ?

– Je peux faire deux choses en même temps.

Il caresse mes cheveux qui commencent à retrouver leur teinte naturelle après l'opération de décoloration extrême dont ils ont eu du mal à se remettre. Je frissonne quand ses doigts effleurent ma nuque.

– Je te montre la perm.

Après avoir vérifié que la voie était libre, on remonte à l'étage.

La radio de M. Faraz résonne à l'autre bout du couloir. On a le temps de se glisser dans la salle sans qu'il nous remarque.

Je lui dévoile la super vue qu'on a sur l'espace s'étirant devant l'entrée du lycée. On voit le dos de la grande horloge, des arbres détrempés et les grilles qui protègent notre sanctuaire. Ce mois de mars est vraiment pourri et de gros nuages noirs flottent au-dessus du parc de Choisy.

– Bon, je vais t'aider, sinon on va passer la journée ici.

Jérémie dépose son sac, retrousse les manches de sa surchemise beige. Je ramasse ma spatule.

– Désolé, je n'ai pas de matériel. On ne peut rien prendre en avion…

Je fouille dans ma trousse et en sors une paire de ciseaux. On se débrouillera avec ça. Chacun de notre côté, on s'affaire sur les dessous de table sinistrés. Les vieux chewing-gums durcis tombent avec un bruit sec sur le parquet.

– Tu es sûre que Yasmina est d'accord pour que je dorme chez toi ?

Mes oreilles chauffent, signe que je suis en train de piquer un fard. Cela me fait toujours drôle qu'il appelle ma mère par son prénom.

– Pourquoi tu me demandes ça ?

– Pour savoir.

– Oui, elle t'aime bien. Je lui ai dit qu'on rentrait tard mais elle nous attendra après le concert. On sera à Villejuif vers onze heures trente.

Rien que de penser à cette nuit, j'ai la gorge serrée et la bouche sèche. Est-ce que Jérémie viendra me rejoindre en secret dans ma chambre ? En tout cas, c'est ce que j'espère. Je suis décidée à aller le chercher s'il ne se lance pas. Je suis prête.

Tout à mes pensées, je bosse d'une façon machinale. Il doit y avoir des kilos de chewing-gums accumulés. C'est à vous en dégoûter définitivement.

Je regarde Jérémie à la dérobée. Il est penché sur son boulot, rassurant. Même quand il ne dit rien, ce qui arrive souvent, j'ai l'impression qu'il m'envoie des ondes de confiance. Il m'apporte un peu de sa zen attitude.

N'y tenant plus, je m'approche de lui et l'enlace. Son torse fin glisse sous mes doigts.

– Je ne suis pas sûr qu'on avance très vite à ce rythme...

– Si tu veux, on peut aller dans la salle informatique. Je crois qu'elle ferme à clé.

Sachant à quel point Jérémie est fan d'ordis, je me doute qu'il ne pourra pas refuser. Il sourit.

– Tu sais parler aux hommes. Mais je n'ai pas vraiment envie de passer mon week-end dans ton lycée. Le mien me suffit.

Je m'éloigne à regret.

– Tant pis pour toi !

– Tu parles du matériel informatique périmé offert par le Conseil général ? se moque-t-il.

Je lui lance une boulette de chewing-gum à la tête. Il esquive sans difficulté.

Au moment où il s'apprête à répliquer, je lui intime le silence. Je viens de capter un bruit dans le couloir. L'avantage d'être dans un lycée assez ancien, c'est que le parquet craque.

On se fige. Oui, il y a bien un bruit dehors. Quelqu'un marche devant la salle. Je n'entends pas la radio donc il ne s'agit pas de M. Faraz. Peut-être la gardienne qui patrouille.

Il faut que j'en aie le cœur net. Je m'approche de la porte, l'entrouvre doucement et jette un œil dans l'entrebâillement.

Je me suis trompée. Ce n'est ni la gardienne ni M. Faraz. C'est un type qui s'éloigne. Il porte un treillis de camouflage urbain et, bien qu'il soit de dos, je peux voir qu'il tient un fusil de gros calibre.

3

Figée par la peur, je le regarde arpenter le couloir d'un pas tranquille. Il a sur le bras un écusson qui ressemble à celui des CRS.

Comparé à M. Faraz, l'homme est un géant aux cheveux blonds et longs noués en queue de cheval. Sa nuque révèle un cou de taureau. Il vaut mieux ne pas se frotter à ce gars-là.

Quand il tourne au bout du corridor, je referme la porte et me retrouve face à Jérémie, l'œil interrogateur.

– Qu'est-ce que tu as vu ? Tu es toute pâle.

– Il y a un militaire qui patrouille dans l'établissement.

– Quoi ? Mais qu'est-ce qu'il ferait là ?

Je hausse les épaules. La manière de marcher de l'inconnu m'évoque les soldats qui surveillent les gares avec leurs armes en main. Je tente une explication :

– Ça doit être à cause du plan Vigipirate. L'armée pourchasse les terroristes...

Jérémie n'est pas ravi.

– Tu sais que Vigipirate est censé être un dispositif d'exception en cas de menace grave. Et pourtant, il est en place depuis les années quatre-vingt-dix. Et, depuis 2005, on est constamment en niveau rouge. Soit deux crans avant l'état d'urgence et l'état de siège. Ça te semble normal ?

Je ne me doutais pas qu'un militant politique se dissimulait sous ces dreadlocks blondes. Pour être franche, il n'en est que plus sexy. Manifestement, le sujet lui tient à cœur puisqu'il est capable de citer des dates précises. Je tente de l'apaiser :

– Si ça se trouve, c'est juste monsieur Faraz qui a organisé un jeu de rôle grandeur nature avec ses potes. Ou du paintball...

Il a un sourire rapide.

– En tout cas, je préfère qu'on parte d'ici au plus vite. J'ai horreur des armes à feu. Ça me rappelle Recsk[1]. Je n'ai aucune envie qu'on se fasse encore braquer.

Je lui caresse le visage.

– D'accord. On s'en va. De toute façon, j'en avais marre des chewing-gums.

Il s'avance vers la sortie mais je le précède, enfilant le gros blouson couleur sable qu'il m'a offert l'an dernier. En le reconnaissant, il a un sourire.

– Il vaut mieux que je passe la première. Toi, tu n'as rien à faire ici.

J'ouvre la porte et glisse la tête dans l'entrebâillement. Personne.

– C'est bon, MinoThor est parti.

1. Lire *Décollage immédiat* dans la même collection.

– MinoThor ?
– Le militaire...

Ma manie des surnoms m'a reprise. L'homme m'a rappelé à la fois le dieu nordique Thor avec ses cheveux blonds et le Minotaure avec ses épaules de déménageur. J'ai mélangé les deux.

Je m'engage dans le couloir. Cette fois, ça ne m'arrange pas que le parquet craque. À nous deux, on produit un vacarme insupportable. Je ralentis.

Le but, c'est de gagner le hall et de s'esquiver. J'avoue que je ne suis jamais rassurée quand je vois des types armés dans les lieux publics, même si ce sont les forces de l'ordre.

Pour l'instant, il n'y a personne. Les échos de la radio de M. Faraz se sont éteints. Il a dû terminer le ménage. À une allure d'escargot, on atteint l'escalier. Je me plaque contre le mur et jette un œil en contrebas. La voie est libre.

Je descends trois marches, m'immobilise. Fixe le bois du parquet usé par les milliers de pieds qui le foulent chaque jour.

On arrive enfin au rez-de-chaussée. Là encore, je me planque pour observer rapidement les environs. On doit avoir de la chance parce que la voie est libre. La sortie n'est plus qu'à vingt mètres. Une série de portes vitrées qui forment un sas. Ensuite, il y a la grille avec le grand portail métallique du lycée.

Les Converse de Jérémie crissent sur le sol encore humide.

J'ai hâte d'en finir, alors je presse le pas. Je pose la main sur la poignée. Retenant mon souffle, j'appuie.

Merde ! La porte est fermée à clé. C'est rageant. Je jette un regard désolé à Jérémie. Il a déjà compris le problème. La gardienne n'est toujours pas là. Où est-elle passée ? Elle aurait pu nous ouvrir…

Jérémie me prend le bras et m'entraîne vers les escaliers. On est devant le hall et on peut nous voir depuis la cour.

– Qu'est-ce qu'on fait, maintenant ?

Jérémie réfléchit.

– Si on est pris, on va perdre le week-end à s'expliquer. Il n'y a pas une autre sortie ?

C'est à mon tour de m'interroger. Tout cela est en train de mal tourner. Le militaire a dû verrouiller la porte pour faire sa ronde tranquillement, comme dans les parcs ou les musées après la fermeture.

Une idée me vient.

– En face, du côté de la cantine, le bâtiment s'interrompt. Juste une grille. On peut l'escalader sans problème.

Inutile de préciser à Jérémie que j'ai emprunté ce chemin plusieurs fois en début d'année pour sécher les cours. Il suffit de balancer son sac de l'autre côté pour s'alléger, puis de se hisser et d'enjamber la grille.

On longe le couloir sur la droite, vers les classes des prépas. J'entends tout à coup des voix qui viennent dans notre direction. Mon réflexe nous sauve la mise. Je pousse encore une fois Jérémie dans un recoin qui abrite du matériel anti-incendie. Il se cogne la tête à l'extincteur et étouffe un gémissement de douleur.

Les voix se rapprochent.

– Le périmètre est sécurisé ?

– C'est bon pour le sous-sol. Steeve et Florian terminent les étages.

– Bon, prochain point dans dix minutes.

Deux hommes passent devant nous sans nous apercevoir. Je reconnais MinoThor qui a l'air d'être le chef. À côté de lui, un gars plus petit, avec des gros sourcils qui lui barrent le front. Celui-là a plutôt la coupe en brosse de Duke Nukem.

J'ai juste le temps d'apercevoir de plus près leur écusson qui s'orne d'un triangle blanc sur fond noir dont les côtés adjacents se prolongent. En dessous, il est écrit « Salvus » en rouge sombre.

SALVUS

On attend qu'ils s'éloignent dans le cliquètement de leur équipement pour se remettre à respirer.

– Ce ne sont pas des militaires, souffle Jérémie.

– Comment tu le sais ?

– Leur insigne. C'est une compagnie de sécurité privée.

Je soupire. Déjà que la cantine a été refourguée à un prestataire extérieur appelé Restène que tout le monde a rebaptisé Reste-zen, pour contrecarrer l'envie de fuir qui vous prend quand vous croisez l'un de ses plats. Bientôt, même M. Faraz disparaîtra et sera remplacé par des employés anonymes. J'imagine que ça coûte moins cher mais souvent le travail est de mauvaise qualité si j'en juge par la nourriture.

Moi, j'ai été horrifiée de découvrir que Restène était impliqué dans le complot international où je me suis retrouvée embarquée il y a quelques mois. Ils n'ont pas l'air d'avoir été inquiétés pour l'instant. Ce n'est pas rassurant.

Dès qu'on n'entend plus les deux barbouzes discuter, on quitte notre cachette. Jérémie arbore une belle bosse et je dépose un baiser dessus pour me faire pardonner.

On poursuit notre chemin vers la sortie. On a intérêt à se dépêcher.

On débouche sur une nouvelle cage d'escalier. Juste en dessous, une porte métallique s'ouvre sur la cour. Par chance, elle n'a pas été verrouillée. Je pousse le battant qui grince un peu. Tout est désert : les bancs, le terrain de basket, les cages de handball. Je vois rarement le lycée sous cet aspect.

– Si on rase les murs, on sera moins repérables.

Jérémie acquiesce. On se faufile au-dehors. Il pleut toujours. Mon sac pèse une tonne sur mes épaules. J'avais quatre heures de cours ce matin et je suis blindée de manuels.

On fonce en enjambant les flaques. Je commence à y croire. Il faut effectuer un petit détour pour éviter un bosquet. Une rangée d'arbres nous dissimule.

J'aperçois la grille là-bas, au-delà du préau. Plus on se rapproche du but, plus j'ai peur d'échouer. Je me retourne tous les trois pas, au point que je trébuche et m'affale sous les yeux de Jérémie. Mon treillis est maculé d'une eau sale.

– C'est pas grave, tu te changeras à la maison.

On reprend notre avancée furtive et on se retrouve à l'abri du préau. De l'autre côté de la grille, c'est la rue.

– Tu veux que je t'aide ?

Je lance à mon copain un regard outragé.

– Je peux me débrouiller toute seule !

J'ôte les bretelles de mon sac et je le balance par-dessus la grille qui doit mesurer à peu près deux mètres.

Jérémie procède de façon précautionneuse avec son éternel sac à dos élimé en le glissant entre deux barreaux. Il a dû embarquer le dernier cri de l'ordi portable pour le week-end. Puis il empoigne les barreaux et se hisse sans mal par-dessus. Il bascule de l'autre côté et se réceptionne en souplesse.

– À toi.

Je ne veux pas me planter devant lui. Je prends un peu d'élan et je m'agrippe. Ma prise est mauvaise, mes doigts glissent. Je retombe lamentablement.

– Dépêche-toi.

Pour une fois, il est sous tension. Cela m'inquiète plus que tout. En jetant un coup d'œil dans mon dos, je me rends compte que l'un des agents, Duke Nukem on dirait, vient de sortir dans la cour. Il examine les lieux et ne nous a pas encore vus.

Tétanisée par la trouille, je fais une nouvelle tentative. En vain, mes jambes ne répondent pas.

Jérémie effectue le chemin en sens inverse avec une facilité déconcertante. Son déplacement a attiré l'attention du gars qui se met à crier :

– Eh, vous !

Il court dans notre direction, l'air furieux. Je m'escrime contre la grille quand Jérémie m'attrape l'épaule.

– On n'a pas le temps !

Il m'entraîne sur le côté pour tenter d'échapper à Duke Nukem. À cet instant, un projectile fuse au-dessus de nous. Après quelques secondes, je comprends qu'il s'agit d'une balle.

4

On...

On nous tire...

On nous tire dessus.

Je n'arrive pas à me débarrasser de cette idée. Je perçois encore la balle qui miaule à mon oreille. Plus le temps passe, plus le son s'intensifie.

Heureusement, Jérémie ne se départ pas de son calme. Il me traîne derrière un mur.

– C'est quoi, ce bordel ? Depuis quand les agents de sécurité tirent sans sommation ?

– Ce ne sont pas des agents de sécurité.

J'entends à peine Jérémie qui me tourne le dos. Il guette la progression de notre assaillant. Je suis d'accord avec lui. Des gars chargés de surveiller un lycée n'ouvrent pas le feu sur des intrus. Mais de qui s'agit-il ? En tout cas, on n'a pas affaire à des joueurs de paintball.

– Il faut qu'on se casse.

Sauf qu'à cet endroit la grille n'est plus accessible. On est obligés de retourner à l'intérieur. J'avise l'autre accès au bâtiment, opposé à celui qu'on a emprunté tout à l'heure.

– Suis-moi.

Mes jambes tremblantes me portent à peine. Par chance, le petit muret de la passerelle pour les fauteuils roulants nous protège. On le longe, presque agenouillés, et on arrive près d'une porte mécanique.

Je ne vois plus Duke Nukem, ce qui est à la fois rassurant et angoissant. J'ouvre en vitesse et on se faufile à l'intérieur. Mes poumons me font mal. J'ai envie de vomir. On se précipite dans le couloir. On doit se planquer au plus vite. Les chaussures de Jérémie font un bruit abominable.

Je vois le panneau des toilettes pour filles et je m'y engouffre. Grande enfilade de lavabos sur la droite et rangée de cabines sur la gauche. On se réfugie dans la première.

– Il faut appeler la police !

Je chuchote de peur qu'on ne nous entende. Jérémie répond sur le même ton.

– J'ai laissé mon mobile dans mon sac à dos.

– Moi aussi.

– On doit trouver un fixe.

– Il y en a sûrement à l'administration.

Jérémie tique.

– Ça implique de ressortir de notre cachette et de nous balader dans les couloirs avec des types armés jusqu'aux dents. On en a vu deux et ils en ont évoqué deux autres.

– Une vraie petite escouade… Le côté positif, c'est que le lycée est immense et que je connais le moindre de ses recoins.

Il secoue la tête.

– Ça me dépasse complètement. Qu'est-ce que des paramilitaires fabriquent dans un établissement scolaire le week-end ? Est-ce que ce sont des tueurs fous comme aux États-Unis ?

– Non, ils ne s'attaqueraient pas à un bâtiment vide.

Jérémie acquiesce.

– On ne peut pas rester ici.

C'est sa manière de me dire qu'il est décidé à repartir. Mentalement, je visualise le trajet que nous devrons parcourir. Une fois dans le couloir, on devra obliquer à gauche, avancer d'environ dix mètres avant d'arriver à l'infirmerie. Il y a un téléphone là-bas.

J'inspire lentement pour me calmer. J'ai déjà été mise en joue mais c'est la première fois qu'on me tire dessus. J'en suis encore bouleversée.

Je fais signe à Jérémie que la voie est libre. Au moment où il s'apprête à ouvrir le verrou, j'entends la porte grincer. Quelqu'un vient d'entrer.

Instinctivement, je me colle à Jérémie. Autant pour me rassurer que pour le protéger. Je ne veux pas qu'on lui fasse de mal. Il me serre contre lui. Je sens son cœur qui bat rapidement.

Des pas résonnent sur le carrelage. Puis s'arrêtent. Je m'attends presque à ce que le gars mitraille la porte sans prévenir.

Mais il ne se passe rien. Un bruit d'eau. Un tissu détrempé tombe sur le sol. Une masse grise surgit sous notre porte. Je sursaute, étouffant un cri. Qu'est-ce que c'est que cette chose ? Avant que j'aie pu l'identifier, elle a disparu, laissant une traînée de bave humide sur le carrelage.

À cet instant seulement, je comprends de quoi il s'agit. Une serpillière ! M. Faraz est en train de nettoyer le sol des sanitaires.

Je me sens soulagée. Jérémie ne comprend pas pourquoi je lui souris largement. Il pense peut-être que je craque sous la pression. Au moment où je m'apprête à ouvrir la porte, je perçois un nouveau grincement.

– Mais qu'est-ce que...

C'est M. Faraz. Il n'a pas le loisir de terminer sa question, pousse un gémissement et s'écroule. Les militaires ont dû l'assommer.

– Ils sont combien dans ce lycée ? Je croyais qu'il n'y aurait personne.

Je reconnais la voix caverneuse de MinoThor. Il semble mécontent.

– C'est le gars du ménage. On est arrivés trop tôt.

Là, c'est Duke Nukem qui parle.

– Tu remets mon plan en question ?

– Non, Louis.

On sent la tension monter aussitôt entre les deux hommes. S'ils pouvaient se massacrer, ça m'arrangerait. Reste le problème des balles perdues.

MinoThor reprend :

– On a juste le temps de tout installer. Chaque minute compte. Tu as retrouvé tes fugitifs ?

– Non, mais ils sont toujours ici. Ils avaient laissé des empreintes de pas mais ce crétin les a nettoyées. J'ai prévenu Steeve et Florian. Ils sécurisent le secteur. De toute façon, tout est bouclé.

M. Faraz, sans le vouloir, nous a sauvés en effaçant les traces noires que nos chaussures ont laissées sur la faïence. L'assurance des paramilitaires de Salvus ne me dit rien qui vaille.

– Bon, tu embarques celui-là et tu le mets en bas avec l'autre.

J'en déduis qu'ils détiennent au moins une personne supplémentaire. J'imagine qu'il s'agit de la gardienne.

MinoThor se barre. Je sais maintenant qu'il s'appelle Louis mais je préfère le surnom que je lui ai donné. C'est une chance qu'ils n'aient pas examiné les cabines.

Pendant ce temps, Duke Nukem s'occupe de ligoter M. Faraz. C'est du moins ce que j'espère. Je ne voudrais pas qu'il le tue. Les petits bruits de crans m'indiquent qu'il utilise des menottes en plastique. Je le sais pour m'être fait arrêter au cours d'une manifestation lycéenne. Ma mère était furax.

J'entends Duke Nukem souffler quand il place vraisemblablement l'homme de ménage sur son dos.

La porte des toilettes claque derrière lui. Nous sommes seuls. Pas besoin d'une longue discussion, on sait à quoi s'en tenir. Jérémie me serre fort la main et cela suffit à me redonner un peu de courage.

Les issues sont bloquées. Quelqu'un surveille la grille. On n'a aucune chance de s'échapper.

À trois, je pousse la porte des toilettes. À part le balai qui traîne au milieu du chemin et le chariot abandonné, rien ne témoigne de ce qui vient de se passer.

Avant de poursuivre, je fais signe à Jérémie d'ôter ses chaussures. On fera moins de bruit.

On se met donc en chaussettes tous les deux. J'avais choisi des petites socquettes fantaisie en prévision de ce soir. Maintenant, ça n'a plus grande importance.

– Tu as des chaussettes avec des avions dessus ?

Je souris en signe d'excuse. Je voulais rappeler à Jérémie les circonstances de notre rencontre. Lui a choisi un modèle sport. C'est moins romantique mais bien dans son style.

Nous débarquons dans le couloir. Il n'y a personne. Mon cœur bat si fort que j'entends à peine les sons autour de moi.

Les types de Salvus doivent nous chercher de l'autre côté. J'ai emprunté ce couloir des centaines de fois, mais jamais la tête rentrée dans les épaules, le dos courbé pour me rendre invisible. Je rase les murs.

Jérémie est sur mes talons. On se déplace comme des fantômes. Le lycée désert m'apparaît désormais tel un gigantesque tombeau. Chaque distance est décuplée. Dix mètres en mesurent cent. On court pourtant.

Ça y est ! La porte de l'infirmerie est devant nous. Je tente de l'ouvrir. Elle est verrouillée ! En me mordant les ongles, j'essaie de trouver rapidement une solution. Je suis en train de paniquer sévère.

Jérémie m'attrape et plante ses yeux bleus dans les miens.

– Il y a d'autres pièces avec un téléphone ?

En me perdant dans ses iris azurés, je reprends un peu contenance.

– Il y a le bureau de la CPE.

J'ai répondu d'une petite voix de souris.

– Guide-moi.

Si on sort d'ici, je l'épouse. Bien sûr, je garde ce serment pour moi. Il n'a pas besoin d'être au courant. Enfin, pas pour l'instant.

Je soupire et repars. Le bureau est à deux pas. Je n'y avais pas pensé parce que je déteste y aller à cause de la CPE qui m'enfonce quand le proviseur me défend. Aujourd'hui tout est différent. Cela deviendrait presque un refuge.

La porte est entrebâillée. On se faufile dans la pièce et Jérémie referme derrière nous. Je cherche des yeux le téléphone sur le bureau couvert de dossiers.

Il est là, sous une liasse de papiers. Pendant que Jérémie joue les guetteurs, l'oreille appuyée contre le montant, je décroche le combiné d'une main moite. Dans ma tête défilent les numéros d'urgence. La police, c'est le 17 ou le 18 ?

Le 18, c'est les pompiers. Je tape le 17 et me tourne vers Jérémie.

Il doit voir sur mon visage que quelque chose ne va pas et m'interroge du regard.

– Il n'y a pas de tonalité...

5

– Ils ont coupé le téléphone !

Nous sommes complètement désemparés. En plus, s'ils visitent les salles, ils nous repéreront très vite.

D'où sortent ces gars qui prennent d'assaut un lycée avec des armes de guerre ? L'opération ressemble de plus en plus à une véritable offensive militaire. Sécuriser les lieux, couper les transmissions. Je ne sais pas quelle est la prochaine étape, mais je préférerais ne pas y assister.

Pour l'instant, MinoThor et ses sbires ont perdu notre trace. Cela nous laisse un léger avantage. À condition de gagner un endroit sûr où on pourra réfléchir à la marche à suivre.

Jérémie s'approche de l'ordinateur. Ses doigts pianotent sur le clavier, appuient sur le bouton Marche. Rien. Il vérifie alors les branchements et me montre des câbles sectionnés.

– Ils ont saboté l'alimentation et la connexion internet. Il n'y a pas une salle informatique dans ton établissement ?

– Si, bien sûr.

Une fois encore, le plan du lycée se dessine dans ma tête. La salle est située au sous-sol. À l'étage où ils retiennent les otages. Je suis moyennement motivée pour y descendre.

– Si tu me files un ordinateur qui fonctionne, je pourrai établir une connexion et appeler les flics.

Je sais qu'il a raison. Avec un disque dur et un clavier, Jérémie prendrait le contrôle de la ville. J'exagère à peine.

Se jeter dans la gueule du loup n'est pas mon option préférée. En même temps, les assaillants ne nous attendront pas là-bas. Et puis, c'est la seule chance qu'il nous reste.

Je finis par hocher la tête. J'ouvre la voie à Jérémie. Dans l'entrebâillement de la porte, je vérifie les abords du bureau.

Le cœur battant on se précipite de nouveau dans ce long couloir vide. J'ai un peu le sentiment d'être perdue dans un labyrinthe et de repasser sans cesse aux mêmes endroits.

Je m'en veux d'avoir entraîné Jérémie dans cette histoire. Si je ne lui avais pas dit de rentrer dans Gustave-Caillebotte, il patienterait tranquillement sous la pluie.

Heureusement que le lycée est immense. Les gars de Salvus ne peuvent pas tout couvrir. Je pose mon pied sur la première marche, puis je m'immobilise.

Les escaliers sont les endroits les plus intimidants car il y a toujours un tournant qui bouche la vue et on ne sait pas sur quoi on va tomber. Surtout quand toutes les lumières sont éteintes.

J'arrive sur un palier intermédiaire en me plaquant contre le mur. Mes yeux recherchent la plus petite variation de lumière qui indiquerait que quelqu'un vient dans notre direction. Rien ne bouge. Pas de bruit suspect non plus.

Je me lance. Une nouvelle volée de marches se déroule devant nous. On y est presque. Le sol est couvert d'un lino sur lequel mes chaussettes accrochent. Dans l'éclat des veilleuses de secours, je remarque que la porte de la salle de conférences est ouverte et je me planque aussitôt derrière un empilement de chaises.

Jérémie m'imite.

J'aperçois un garde, armé d'une kalachnikov ou d'un truc équivalent, planté devant la salle. Il a les cheveux blonds et longs, un visage mince et harmonieux, légèrement efféminé. Celui-là, je le baptise immédiatement Vaan, le personnage de *Final Fantasy*, l'humour en moins.

Il est manifestement chargé de surveiller la salle. Les otages doivent être réunis ici.

Par signes, j'explique à Jérémie qu'il faut faire demi-tour.

On bat en retraite vers l'entrée du gymnase et je pousse les portes coupe-feu qui ne sont jamais fermées à clé. On passe au milieu des tapis de sol, des espaliers et des filets de ballons.

L'image du garde devant la salle de conférences reste imprimée dans ma rétine. C'est surtout son arme qui m'effraie, qui détonne avec son visage angélique. Il n'y a rien à attendre d'un type pareil.

Heureusement que je connais ce détour. Il va nous mener tout près de la salle informatique. De nouveau, des portes coupe-feu que je pousse avec précaution. La gomme des joints crisse un peu mais c'est tout.

D'ici, Vaan ne peut pas nous voir. Je suis libérée d'un poids.

Problème : l'entrée de la salle informatique est fermée à clé. Il fallait s'y attendre avec le matériel qu'elle contient. Je ne suis pas loin de céder au découragement. Sans la peur qui me tenaille, je serais prête à me livrer à ces malades pour être tranquille.

Jérémie a l'air aussi déçu que moi. Il s'acharne sur la poignée, ne parvient pas à l'actionner. En plus, on n'a rien pour forcer la serrure. Soudain, son regard s'éclaire.

– Est-ce qu'il y a des fenêtres dans cette salle ?

– Non.

– Il doit y avoir une évacuation d'air, sinon la température deviendrait vite insupportable.

Je réfléchis rapidement. En effet, on crève de chaud dans cette salle et il y a un bruit de soufflerie permanent qui provient…

– Le plafond. Il y a une grille d'aération.

On lève les yeux. Au-dessus de nous s'étendent des structures métalliques qui soutiennent des plaques de polystyrène.

Jérémie me fait la courte échelle et me hisse jusqu'au faux plafond. Heureusement que je suis mince. J'ôte l'une des dalles.

J'aperçois des câbles en tous genres et surtout un circuit de climatisation. Un conduit de cinquante centimètres de diamètre pénètre dans la salle informatique. Je dois pouvoir me glisser à l'intérieur. Pas de chance : il est en aluminium. Impossible de le déchirer ou de l'ouvrir à mains nues.

Je redescends et explique tout ça à Jérémie.

– Il y a peut-être des outils dans le gymnase ?

Je m'efforce de me souvenir des sports que j'ai pratiqués ici. Les collégiens s'exerçaient au sabre à un moment. Bien sûr, leurs armes sont en bois, pas en métal. Ce serait toujours mieux que rien.

Je laisse Jérémie sur place et retourne dans la salle d'EPS. J'espère que le matériel ne sera pas sous clé.

Évidemment, je ne trouve pas le moindre sabre. Ils doivent être dans la petite remise, avec les raquettes. Par contre, il y a des poteaux de badminton. Ce n'est pas très maniable mais l'extrémité est assez pointue pour percer la gaine.

Je rejoins Jérémie, triomphale. Son enthousiasme est plus modéré que le mien, ce n'est pas un garçon hyper expansif. À bout de bras, il se charge de déchirer le conduit pendant que je surveille les environs. Il se débrouille pour ne pas faire de bruit et y réussit plutôt bien.

Une fois ce travail terminé, il me porte de nouveau sur ses épaules. Je me faufile dans le conduit.

Je glisse d'abord un bras pour éviter d'avoir les épaules coincées. En dessous, Jérémie tient bon. Je parviens à passer de l'autre côté mais je dois avoir de belles éraflures sur la peau. Puis je pousse une grille en plastique et enlève une dalle du faux plafond.

La tête la première, je descends dans la salle informatique, plaquée au mur. Je prends appui sur la poignée de la porte pour me rattraper. Pour finir, je me laisse tomber en essayant d'amortir ma chute afin de ne pas me blesser et de ne pas attirer l'attention.

Alors je me concentre sur la porte. Elle est fermée par un simple verrou. Pas besoin de la clé. J'ouvre et aperçois Jérémie qui remet en place la plaque de polystyrène. Il lui suffit de se hisser sur la pointe des pieds.

Quand il m'a rejointe, on referme avec précaution. Il se précipite sur les ordinateurs, les met en marche depuis un interrupteur commun. Les machines commencent à souffler de concert. Les écrans s'allument un par un.

– Dis donc, ce sont des antiquités qu'ils vous ont refilées...

Il se frotte les mains avec impatience. Une fenêtre apparaît, demandant un identifiant et un mot de passe. Je lui donne les miens. Je rougis en lui dévoilant mon mot de passe : « sexyjérémie3B ».

Il ne sourcille pas, concentré sur sa mission. Ses doigts jouent sur le clavier à une vitesse effarante. L'écran vire au noir, quelques lettres blanches clignotent.

– Je suis passé en DOS… Ils ont coupé l'accès à Internet mais pas l'Intranet. Je vais essayer de dégotter une connexion Wi-Fi en me reliant aux autres appareils de l'établissement.

Heureusement qu'il m'explique un peu parce que je ne comprends rien à son trip *Matrix*. Il sourit.

– Les machines sont super lentes mais je crois que j'ai trouvé…

Il ajoute quelques lignes de codes. J'ai l'impression d'avoir endossé le rôle de la fille qui ne sert à rien et qui enlace la jambe du barbare sur les couvertures de fantasy.

– On va communiquer avec l'extérieur. Je branche le micro et on téléphone directement à…

Il n'a pas le temps de finir sa phrase. La porte de la salle vole en éclats.

6

Je me protège la tête de mes bras levés. Je n'ai pas le réflexe de plonger à terre, juste celui de me baisser.

Le battant tombe et laisse apparaître MinoThor en personne. Il a dû trop regarder *Rambo* quand il était petit parce qu'il tient son arme exactement comme lui.

Quel âge peut-il avoir ? Une trentaine d'années. Ses traits sont durs. Il braque sa kalachnikov sur nous. Le sang quitte aussitôt toutes les extrémités de mon corps.

Jérémie passe devant moi pour me protéger. Je voudrais protester mais j'ai trop peur pour réagir.

– Qui êtes-vous ?

Comme on ne répond pas, hébétés, il tourne le canon vers un écran et ouvre le feu. Je ne peux retenir un cri quand trois balles se fraient un chemin à travers le moniteur n° 4. Quelques étincelles, un peu de fumée.

Tranquillement, MinoThor revient vers nous.

– Qui êtes-vous ?

Je tremble et j'ai froid. Je suis incapable de parler. Jérémie s'en charge.

– On est des élèves du lycée.

– Qu'est-ce que vous foutez là ?

– On était collés.

J'admire l'aplomb avec lequel il baratine l'homme qui nous menace.

– Vous avez des portables sur vous ?

– Si on en avait, on ne serait pas ici...

Bien rétorqué. Même si j'ignore ce qui est le mieux pour nous : dire la vérité ou mentir.

– Vous avez communiqué avec l'extérieur ?

Jérémie soupire. Comme il hésite, MinoThor s'avance et lui décoche un coup de crosse sur la tempe. Je hurle.

– Non !

Mon copain titube sous le choc. Je le soutiens pour qu'il ne tombe pas. Paniquée, je balance :

– On n'a pas eu le temps ! On voulait sauter par-dessus la grille ! On a lancé nos sacs de l'autre côté mais ils sont restés là-bas !

Le méchant paraît se calmer.

– Est-ce que quelqu'un vous attend ?

– Ma mère. Mais on doit rentrer vers onze heures. Après un concert.

MinoThor réfléchit. Il se tourne vers la porte.

– Florian !

Vaan apparaît dans l'encadrement. En le voyant de plus près, je lui trouve une ressemblance frappante avec celui que j'ai surnommé Duke Nukem, malgré son physique androgyne. Mêmes cheveux en paille jaune, mêmes sourcils foncés, mêmes yeux froids. Ce sont peut-être des frères.

– File récupérer les sacs des gamins. Ils sont près de la grille. Et vas-y en civil.

Vaan obtempère et disparaît. Pendant ce temps, j'examine la blessure de Jérémie. MinoThor l'a frappé à l'endroit où il s'est cogné tout à l'heure. La peau a éclaté sous l'impact et il saigne abondamment. Je m'efforce de ne pas m'inquiéter et pose un mouchoir propre sur l'entaille. Je hais MinoThor pour ça.

Jérémie récupère lentement.

– Comment vous nous avez retrouvés ? J'avais remis la plaque en place...

– Vous avez laissé le poteau devant la porte.

Je m'insulte mentalement. J'avais complètement oublié notre outil improvisé. C'est rageant ! Sans ça, on aurait pu appeler la police. Mon regard en direction des ordinateurs me trahit. MinoThor a un rictus. Il s'approche de la tour que nous utilisions et la débranche.

– Vous êtes des petits débrouillards...

Il parle très bas, d'une voix murmurante, comme s'il s'apprêtait à hurler dans la seconde qui suit. Je n'aime pas son faux air bonhomme.

– On a cru un moment qu'on vous avait perdus. Vous nous avez donné du fil à retordre. Maintenant, vous allez arrêter de jouer les trouble-fêtes et vous tenir tranquilles. D'accord ?

On acquiesce. Puis Jérémie pose la question qui me brûle les lèvres :

– Pourquoi êtes-vous là ?

– On a un travail à effectuer. Ensuite, on s'en va. C'est aussi simple que ça. Par contre, on n'aime pas les contretemps. Alors je veux m'assurer que vous n'allez pas poser problème.

Jérémie secoue négativement la tête.

– Mains dans le dos.

On obéit. MinoThor sort ses menottes en plastique et nous les passe aux poignets. Il serre tellement fort que je sens la circulation sanguine s'arrêter net dans mes doigts. Attachée, je suis vraiment à la merci de ces mercenaires. Tout à coup, j'ai du mal à respirer. Jérémie m'encourage :

– Ça va aller.

J'ai chaud et froid en même temps. Il me faudrait de l'air. Je n'ai jamais eu de crises d'angoisse avant aujourd'hui mais je crois bien que c'en est une.

– Ta copine est en train de tourner de l'œil.

Il n'y a aucune compassion dans la voix de MinoThor. Quand le sol se dérobe sous moi, il me saisit in extremis par les aisselles et ajoute :

– Reprends-toi. J'ai besoin que tu me rendes un petit service avant de tomber dans les pommes.

J'aspire l'oxygène à grandes goulées. On étouffe dans cette salle informatique. Une sueur glacée me coule dans le dos. Le contact de MinoThor me répugne.

– J'ai envie de vomir !

J'ai du mal à reconnaître ma propre voix. J'ai honte de craquer devant Jérémie.

Je reçois une gifle. Pas très forte. Et puis de l'eau sur le visage. J'inspire longuement. Je retrouve un peu mon calme.

À ce moment, Vaan débarque avec nos sacs à dos. Ils sont trempés par la pluie.

– Où sont vos téléphones ?

– Dans la poche avant.

MinoThor ouvre le zip et fouille dans mes affaires. Il en sort mon mobile.

– Le code pin ?

– 3615.

Je le vois vérifier le journal des appels. Le monsieur est du genre méfiant. Il n'a pas de mal à trouver le numéro de ma mère puisqu'il est rangé sous le nom « Maman ». Puis il tape un message avec son gros pouce qui émerge de mitaines d'intervention en cuir coqué. Les adultes sont vraiment très lents pour écrire des SMS, même s'il ne se débrouille pas mal.

Une fois son texto achevé, il tourne l'écran vers moi :

> Maman, on est invités chez des copains après le concert.
> Je ne pourrai pas rentrer avant demain soir. Bises.

– Est-ce que ça te semble crédible ?

Je hoche la tête. Je n'emploie jamais d'abréviations avec ma mère parce qu'elle risquerait de ne rien comprendre. J'espérais que MinoThor commettrait une erreur mais c'est exactement ce que je pourrais écrire. Il a dû lire les messages envoyés et observer ma manière de rédiger. En tout cas, le contretemps ne poussera pas ma mère à prévenir la police. J'ai déjà découché un certain nombre de fois.

Quand je pense que tout ça arrive au moment où je redoublais d'efforts. Ma mère va croire que je recommence à déconner alors que je comptais rentrer bien sagement du concert de Bercy et officialiser ma relation avec Jérémie. Ç'aurait été le premier garçon que j'amenais à la maison. Les autres ne comptent pas, ne comptent plus.

MinoThor envoie le message. Puis il lance le portable à terre et le piétine de sa Doc Martens. Les circuits jaillissent de la coque éventrée.

Il se tourne vers Jérémie.

– À toi.

– Mes parents sont à l'étranger. Je leur ai déjà envoyé un message pour leur dire que tout allait bien.

MinoThor hoche la tête avec satisfaction. Il a presque l'air sympa pendant une seconde. Il vide le vieux sac de Jérémie par terre, avise son portable et son smartphone, et écrase le tout à coups de talon. Je plains Jérémie, je sais à quel point il tient à son matériel.

– On est plus détendus sans cet attirail électronique, non ?

– Je serais plus détendu sans votre attirail militaire…

Le mercenaire observe Jérémie. Il ne devrait pas le provoquer comme ça. MinoThor lève un doigt menaçant.

– Tu es un marrant, toi. Mais il vaut mieux que tu la fermes. Sinon, je te bâillonne. Compris ?

Jérémie hoche la tête.

– Bon, voilà une bonne chose de faite. Maintenant vous allez nous suivre bien gentiment.

Vaan m'attrape par le bras et me pousse devant lui. Je n'ai pas la force de résister. J'ai un mauvais pressentiment concernant mon avenir immédiat.

Ils embarquent Jérémie aussi. On est évacués de la salle informatique.

Nos ravisseurs sont suréquipés. Ils portent des flingues à la ceinture et un tas de gadgets dans les poches de leurs treillis. Je ne comprends toujours pas ce qu'ils fabriquent ici. Le fait d'être dans l'ignorance est le plus flippant.

Je ne sais pas s'ils vont nous abattre froidement ou simplement nous enfermer. Je repense à cette scène dans un film de guerre dont j'ai oublié le titre. Un soldat propose une cigarette à un prisonnier. Alors que ce dernier commence à fumer, il lui tire une balle dans la tête. J'imagine très bien MinoThor dans ce rôle.

Pendant qu'on nous pousse dans le corridor, une radio crachote. Vaan prend un talkie en main.

– Florian, j'écoute.

Les paroles qui me parviennent sont inaudibles. Vaan a posé l'appareil sur son oreille.

– Louis ? C'est Steeve. Il a un problème à l'étage.

– De quel genre ?

Vaan murmure quelques mots à l'oreille de MinoThor et ça n'a pas l'air de lui plaire.

– Vas-y avec Bruno. Et passez-moi ce bahut au peigne fin. Je ne veux plus de surprises.

Vaan se barre en vitesse. MinoThor nous conduit devant la porte de la salle de conférences. Je la pousse de l'épaule. Jérémie arrive sur mes talons.

Je découvre l'amphithéâtre que j'ai déjà vu plusieurs fois sur le site du lycée mais dans lequel je n'ai jamais pénétré. J'ai l'impression que cet endroit sert surtout à la promotion de l'établissement.

En bas, une femme à l'épaisse frange, assez costaude, m'évoque Xena la guerrière en blonde. Elle porte elle aussi l'écusson Salvus.

Et puis je découvre les prisonniers. Il y a là M. Faraz et la gardienne. C'est à cet instant précis que son prénom me revient : Marceline.

Je ne sais pourquoi je me le rappelle maintenant. Peut-être parce qu'elle baigne dans son sang et que, sur le bois, il paraît rose.

7

Vaan nous pousse vers la tribune de l'amphithéâtre. Je ne peux détacher mes regards de Marceline. On l'a frappée à la tête. Est-ce qu'elle est morte ? Elle est immobile.

Autour de ses tresses afro, le sang commence à coaguler. Une odeur écœurante flotte dans l'air.

– Vous l'avez tuée ?

Personne ne me répond. MinoThor nous conduit dans un coin, juste sous l'écran. D'une poigne de fer, il nous force à nous asseoir. Je me cogne le coccyx sur le parquet. La douleur remonte dans mon dos.

Je jette un coup d'œil à M. Faraz. Il est blême derrière sa moustache noire. Ses yeux sont injectés de sang.

– Ne bougez plus.

MinoThor nous fixe durement. Je comprends ce qui me dérange chez lui. Ses yeux profondément enfoncés dans leurs orbites semblent maquillés. L'homme a dû être beau mais son visage est abîmé par l'alcool.

– Maintenant, vous allez attendre ici sagement que les grands aient fini de travailler. Ça ne devrait pas durer longtemps.

Il se redresse et s'éloigne, échangeant des messages sur son talkie. Quand sa haute silhouette disparaît (il doit mesurer près de deux mètres), je me détends très légèrement.

Il n'y a pourtant pas de quoi. Xena nous surveille comme le lait sur le feu. Elle semble nerveuse. Ce n'est pas bon signe quand la personne en question tient un gros calibre entre ses mains et qu'on est soi-même attachée.

Je me tourne vers Marceline.

– Elle est morte ?

Xena se mure dans le silence. Ma question s'adressait à M. Faraz de toute façon. L'homme de ménage m'observe. Il examine la guerrière à la dérobée avant de se décider à me répondre.

– Elle était déjà blessée quand on m'a amené ici.

Il chuchote mais Xena nous surprend et nous braque.

– Fermez-la !

Elle a une voix haut perchée qui contraste avec son corps massif. Elle semble complètement dépassée par les événements. Il y a peut-être moyen de l'influencer…

À ce moment, Marceline a un spasme. Je suis d'abord prise d'une intense envie de fuir, comme devant un zombie qui reprendrait vie. Puis je comprends qu'elle n'est que blessée.

Je me traîne à genoux pour m'approcher.

– Marceline, vous m'entendez ?

– Reste où tu es !

J'enfreins l'ordre de Xena. Ce que je ne me permettrais pas avec MinoThor. On évalue assez rapidement les gens qui n'ont aucun scrupule et ceux qui manquent d'assurance. Xena appartient à la seconde catégorie.

C'est un peu comme avec les profs. Au bout de quelques cours, on sait ce qu'on pourra se permettre. Ou pas.

Je ne m'appesantis pas sur les mystères de l'autorité et me penche sur Marceline. J'ai du mal à évaluer sa blessure à cause de ses tresses collées par le sang.

– Détachez-moi, s'il vous plaît.

Xena me regarde comme si je venais de lui avouer que j'arrive d'une autre planète et que j'en suis la maîtresse suprême. Je pousse mon avantage.

– Au moins, menottez-moi avec les mains devant. Je ne vais pas m'échapper.

M. Faraz et Jérémie m'appuient en la fixant intensément. J'insiste.

– Si vous nous gardez, c'est que vous avez besoin d'otages, non ? Vous n'avez rien à perdre à ce que je lui porte secours.

Mon argument fait mouche. Ce qui est formidable, c'est qu'il m'est venu en parlant.

Xena dégaine un grand couteau de chasse cranté, toujours dans le style Rambo. Quand elle avance vers moi, j'ai un mouvement de recul, puis je me décide à me tourner pour lui présenter les menottes. Elle coupe le plastique sans problème.

De nouveau le sang afflue. J'ai l'impression que des fourmis me parcourent les doigts. Comme dans les films, je me frotte les poignets pour que la chair, boursouflée par le lien, dégonfle.

Le répit n'est que de courte durée. J'ai juste le temps d'enlever mon blouson. Xena m'ordonne de tendre les mains et me les attache. Toutefois, elle les serre moins que MinoThor.

Dès que j'ai un peu de marge de manœuvre, je reviens vers Marceline. Finalement, elle n'a pas saigné tant que ça. Pourtant ces brutes l'ont frappée sans ménagement. A-t-elle cherché à leur résister ?

– Vous aviez vraiment besoin de la tabasser ?

Xena ne répond pas.

Je roule mon blouson en boule et le glisse sous la tête de la blessée. Je l'ai placée en position latérale de sécurité, ou quelque chose d'approchant, mes notions de secourisme sont floues.

– Vous avez de l'eau ?

La guerrière grogne et me lance une bouteille d'un demi-litre. Cela suffira. J'attrape le tissu qui sert à essuyer le tableau amovible et le mouille légèrement. Puis, bien que ce ne soit pas très hygiénique, je tamponne la tempe de Marceline pour enlever le sang séché. La plaie apparaît, laide mais superficielle.

Par contre, j'aperçois d'autres bosses. Elle a été battue !

– Pourquoi vous l'avez frappée ?

Je m'efforce de ne pas me montrer trop véhémente en posant la question. Marceline est une petite dame inoffensive qui court tout le temps dans le lycée, discrète et omniprésente. Elle accueille chacun avec un grand sourire. C'est étrange que je ne connaisse pas son nom de famille.

Je lui rafraîchis le front. J'écoute sa respiration. Tout a l'air normal. Je pense qu'elle va bientôt reprendre connaissance.

Effectivement, après quelques minutes, elle ouvre les yeux et me dévisage.

– Bonjour, Marceline.

– Lana ?

L'avantage d'être une fouteuse de merde, c'est que tout le monde me connaît, y compris les profs que je n'ai pas en cours et qui m'interpellent dans les couloirs quand je m'agite un peu trop. D'une certaine manière, je suis une star ici.

Marceline observe les environs. Son visage se plisse de colère quand elle aperçoit Xena. Son regard s'attarde sur l'écusson.

– Vous savez qui sont ces gens ?

Je m'exprime très bas en espérant que notre garde n'entendra pas.

– Ils portent la rune Odal.

J'ignore de quoi elle veut parler.

– Leur emblème reprend celui d'une division SS. Je l'ai déjà vu sur des tatouages de nazis quand ils ont agressé mon mari !

Elle les déteste cordialement et je pense que ça n'a pas dû plaire aux gens de Salvus. En plus, Marceline est noire, ce qui n'a pas dû les ravir non plus.

– Éloigne-toi d'elle !

Xena vient de remarquer que nous discutions.

Prudemment, je recule. Nous avons donc affaire à des néonazis. Entre les dreads de Jérémie, mes origines juives et marocaines, l'accent pakistanais de M. Faraz et la peau noire de Marceline, ces salopards ont de quoi s'amuser.

La dame de l'accueil ne s'en laisse pas conter :

– Bande de lâches, vous vous attaquez toujours à plus faible que vous ! Qu'est-ce que c'est que ces manières ? Débarquer dans une école avec des armes ? Vos semblables n'en ont pas assez fait pendant la dernière guerre ?

Je tente de l'apaiser, je sens que ses propos énervent Xena. Il ne faudrait pas qu'elle perde son sang-froid et qu'elle nous tire dessus.

– Marceline, taisez-vous, s'il vous plaît.

La petite dame de l'accueil a un regain d'énergie. Elle serait prête à les attaquer à elle toute seule si on lui en laissait l'occasion.

À ce moment-là, une voix tombe du haut de l'amphithéâtre.

– Qu'est-ce qui se passe ici ?

C'est la voix de MinoThor. On dirait un instituteur qui vient calmer des enfants un peu trop turbulents dans la cour.

Il nous observe tranquillement. Le fait qu'il ait en permanence sa kalachnikov en main ne l'en rend que plus impressionnant. Jérémie a l'air presque petit à côté de lui. Je ne m'amuserais pas à tenter une prise de judo sur ce type.

Il descend les marches lentement, pesant de tout son poids sur chaque degré.

– Alors, on parle politique ? Je me suis toujours demandé ce que les singes avaient à dire sur le sujet.

Un voile de colère file devant mes yeux. Marceline comprend qu'il n'est pas de la même trempe que Xena et reste silencieuse devant ce bloc de haine souriante.

– Vous êtes l'image de tout ce qui ne va pas en France et en Europe. L'immigration forcenée, le multiculturalisme désagrégateur, le métissage ethnique de masse. On est envahis, lentement mais sûrement. Si on ne réagit pas, il n'y aura bientôt plus un seul Blanc dans notre pays.

MinoThor s'accroupit devant moi et je dois avouer que je n'en mène pas large.

– Vous, les jeunes, vous êtes bouffés par la culture yankee qui régente le modèle occidental. Vos seuls repères, ce sont les valeurs de la société marchande, de l'esprit petit-bourgeois et de la démocratie libérale...

Il prononce ces derniers mots avec un dégoût manifeste. On dirait qu'il récite une leçon mille fois répétée.

– Et je ne parle pas de l'islamisation de l'Europe. Si j'étais au pouvoir, vous seriez tous dans des charters pour l'Afrique, vous et la racaille immigrée.

Il me glace avec ses thèses racistes, xénophobes et antidémocratiques.

Je jette un coup d'œil à Jérémie qui ne montre aucun signe d'énervement. De toute façon, il est inutile de discuter avec des fanatiques de ce genre.

– C'est pour ça que vous êtes là ? Pour affirmer la suprématie de la race blanche ?

MinoThor me sourit encore.

– Ma petite, nos plans sont bien trop complexes pour que tu y piges quoi que ce soit. Mais, crois-moi, quand on aura fini, le pays repartira enfin dans le bon sens.

Il se redresse, me dominant de toute sa taille.

– Quant à la suprématie de la race blanche, je vais t'en donner un exemple. Je pensais que toi et ton copain étiez les plus malins, mais non... On a trouvé mieux. Quelqu'un qui nous a échappés plus longtemps que vous.

Il fait un signe de ses mains à mitaines noires. Aussitôt Duke Nukem débarque avec un nouveau prisonnier qu'il pousse devant lui sans ménagement.

Effarée, je reconnais Kylian.

8

Duke Nukem balance Kylian au bas des escaliers. Il roule brutalement, d'autant qu'il a les mains attachées et ne peut pas se retenir. Malgré moi, j'éprouve de la compassion à son égard. Il a l'air sérieusement amoché.

En même temps, tout est sa faute. S'il ne m'avait pas harcelée, je n'aurais pas oublié mes bonnes résolutions et je ne serais pas là à attendre que des néonazis me trucident. Ce qui me hérisse le plus, c'est que Jérémie soit mêlé à cette histoire.

Kylian se redresse en gémissant. De sa lèvre éclatée goutte lentement un sang écarlate.

– Il s'était planqué dans les salles du dernier étage. C'est Steeve qui l'a trouvé.

Mentalement, j'établis une liste de nos assaillants. MinoThor dont le vrai nom est Louis, Vaan alias Florian, Duke Nukem et Xena dont j'ignore le nom, et enfin Steeve et Bruno qu'on n'a pas encore rencontrés.

Au club journalisme, on a appris que pour écrire un article il fallait répondre aux questions 5W : *who* (qui), *what* (quoi), *where* (où), *when* (quand), *why* (pourquoi). Je peux déjà dire qu'on est au lycée Gustave-Caillebotte et que tout va se jouer en moins d'une journée. Je commence à savoir à qui je me frotte mais j'ignore encore ce qu'ils comptent faire et pourquoi.

Si je m'en sors, j'aurai de quoi pondre un sacré article pour la *Semaine de la presse et des médias dans l'école* le mois prochain.

J'observe Kylian. Ses cheveux bruns, coupés court avec la mini-crête et des parties rasées qui dessinent des spirales ésotériques, le tout noyé sous du gel. Avec son tee-shirt moulant et son ridicule jean ultra slim, il est pathétique.

N'empêche qu'il a réussi à échapper à Salvus pendant un moment. Un espoir insensé m'envahit : et s'il avait réussi à contacter l'extérieur ?

Je m'avance vers lui et l'aide à se relever. Il paraît très étonné de mon geste. D'habitude j'ai plutôt tendance à le mettre par terre.

– Oh, il y a de la romance dans l'air.

Duke Nukem a un sourire de pervers. Je hausse les épaules et j'attends qu'il s'en aille.

– Tu penses vraiment que c'est un hasard si on vous a retrouvés par ordre de couleur ? D'abord la négresse, puis le paki, puis la bougnoule et enfin les deux Blancs.

Un tel degré de mépris me laisse sans voix. J'ai rarement été confrontée à des gens qui haïssaient ce que je suis.

Satisfait, MinoThor ordonne à Duke Nukem de bouger.

– On peut passer à la phase B maintenant. Marion, je compte sur toi.

Je prends bonne note du prénom de notre geôlière. Les deux guerriers s'éloignent sans que Xena ait dénoncé nos conciliabules. MinoThor a vu que j'avais les mains attachées devant mais il n'a rien dit. Discrètement, je me tourne vers Kylian.

– Qu'est-ce que tu fous là ?

– J'étais collé comme toi.

Un point pour M. Caton qui a compris que les torts étaient partagés.

– Et pourquoi tu étais dans les étages ?

– Je devais laver les pinceaux et les palettes en salle d'arts plastiques. Et toi ?

– Nettoyer les tables de la salle de perm.

C'est bon d'avoir une conversation normale. On pourrait presque penser que c'est un jour ordinaire à Gustave-Caillebotte.

– Tu as pu téléphoner avant qu'on te chope ?

– Non, la CPE m'a confisqué mon portable hier matin.

Le découragement m'accable d'un seul coup. J'espérais tant qu'il aurait pu avertir la police ! Quand je pense au temps qu'on passe sur nos mobiles et qu'on ne peut pas les utiliser quand on en a besoin !

Kylian vérifie que Xena est occupée par son arme pour me poser une question.

– Qu'est-ce qu'ils veulent, ces types ?

– C'est des néonazis. Ils veulent nous coller dans des charters. Toi, tu ne risques rien : tu es blanc !

J'ai mis un peu trop d'amertume à mon goût dans cette dernière phrase. Je ne dois pas me laisser influencer par le discours raciste de Salvus. Je déteste Kylian mais seulement parce que c'est un abruti.

Il ne répond pas et baisse les yeux comme si c'était lui qui avait dit une horreur.

– Je suis désolé.

Estomaquée, je lui demande de répéter.

– Je suis désolé. Ces gars pensaient être seuls au lycée. Si on est là, c'est à cause de moi. Je n'aurais pas dû t'appeler Barbie.

Jérémie intervient avec sa décontraction habituelle.

– En même temps, sa décoloration était franchement ratée.

Kylian lève les yeux vers lui, interrogateur.

– Vos gueules !

Xena pique une petite crise d'autorité. On se tait en sachant qu'on pourra reprendre notre conversation dans quelques minutes. Je lève les yeux sur la grande horloge qui domine la salle. Elle affiche presque dix-huit heures. Je n'aurais pas cru qu'il s'était écoulé autant de temps depuis l'arrivée de Salvus.

Je commence à avoir faim, soif et envie d'aller aux toilettes. Mais hors de question de mendier quoi que ce soit à ces gens.

Le tic-tac de l'aiguille remplit le silence. Le métro fait vibrer le sol à intervalles réguliers. Je perçois à certains moments un son différent, plus sourd, comme s'il y avait des travaux souterrains.

Aussitôt, mon esprit vagabonde. Peut-être que ces types creusent un tunnel vers une banque. Ils attendent dimanche pour percer le coffre-fort et embarquer l'argent.

J'ai beau passer en revue les enseignes des rues environnantes, je ne vois aucun établissement bancaire tout proche. À part la *Bank of China*. Mais elle est de l'autre côté de la rue. Il faudrait au moins cinquante mètres de tunnel pour l'atteindre.

Kylian revient à la charge. Il a l'air pressé de jouer les héros.

– Bon, qu'est-ce qu'on fout ?

– Moi, je prends le bazooka et Jérémie le tank.

– Je ne plaisante pas. On doit tenter de s'échapper.

– Vas-y, on te regarde !

Il ravale sa déception. Je le comprends mais je ne vois pas comment agir. Marceline a entendu notre conversation et me lance :

– Vous avez peut-être une chance d'avertir la police, Lana. Ils ne se méfieront pas de vous.

– Pourquoi ?

– Parce que vous êtes une fille. Voyez comment ils se servent de cette jeune femme. Elle s'occupe de ce qui n'est pas important pour eux.

J'ai bien peur qu'elle n'ait raison.

– Qu'est-ce que vous proposez ?

– Je vous donne ça.

Elle se contorsionne et pose derrière elle un petit objet que je ne distingue pas.

– Prenez-le.

Après avoir vérifié que Xena regardait ailleurs, je m'en empare. C'est une clé.

– Ce passe ouvre presque toutes les salles. Si vous échappez à la surveillance de ces bandits, vous pourrez quitter l'établissement.

Jérémie se permet une remarque.

– Ce n'est pas à Lana de prendre des risques, c'est à vous les adultes.

– Ces brutes vont tous nous abattre comme des animaux !

Marceline est très remontée.

– Qu'est-ce qu'ils ont fait à votre mari ?

Ses yeux se voilent quand je l'interroge. Son visage exprime une douleur encore vive.

– Ils l'ont battu. Si des passants n'étaient pas intervenus, ils l'auraient tué. Depuis, mon mari ne parle plus, ne travaille plus. Il est en vie mais c'est un fantôme.

Ma gorge se serre. Marceline a réussi à me convaincre. D'autorité, je dissimule la clé dans ma poche. Le regard de Jérémie est sans équivoque.

– Je refuse de te laisser tenter quoi que ce soit. Ils vont te tuer.

– Et s'ils comptent nous abattre de toute façon ?

– On peut toujours gagner du temps quand on est vivant, pas quand on est mort !

Je suis décidée. Non pas à tenter le tout pour le tout mais à créer une ouverture. Je lève les mains.

– Il faudrait que j'aille aux toilettes.

Xena me dévisage, dépassée. J'ai de plus en plus l'impression qu'elle regrette d'être là. Comme je la vois hésiter, j'insiste :

– Si je me pisse dessus, l'endroit va devenir beaucoup moins agréable...

– Je l'accompagne.

C'est Duke Nukem qui vient de parler. Il est revenu sans bruit. Tous les visages se tournent vers lui. Franchement, c'est celui qui m'inspire la plus grande répulsion. Je n'aime pas son regard égrillard. Mais ma vessie l'emporte sur ma peur.

Je me lève. La clé me brûle la cuisse comme si on l'avait chauffée à blanc. J'ai l'impression qu'elle brille à travers la poche de mon treillis. Duke Nukem me tire par le bras sans ménagement.

– Laissez-la !

Jérémie a réussi à se mettre debout malgré ses mains liées.

– Qu'est-ce que tu dis, gamin ?

Duke Nukem me lâche et s'approche de mon copain, menaçant.

– Je vous ai demandé de la laisser.

L'autre hausse les épaules et lui balance un coup de tête qui rejette Jérémie en arrière. Je m'interpose avant que ça dégénère.

– Arrêtez ! Je voulais juste aller aux toilettes !

L'idée qu'il fasse du mal à Jérémie m'est insupportable. Duke Nukem paraît se calmer. Il rajuste sa coupe au bol et m'entraîne hors de la salle de conférences.

– Les toilettes sont par là.

Il ne m'écoute pas et s'engage dans la direction opposée du couloir. Soudain, il ouvre une porte et me pousse brutalement dans la pièce. Je fais volte-face.

Il referme le battant et tourne le verrou.
– Comme ça, on ne sera pas dérangés.
Mon cœur bat à toute allure. Je suis piégée.
– J'ai vu ton carnet de correspondance dans ton sac. Tu t'appelles Lana Blum, n'est-ce pas ? Ça sonne juif, comme nom…
Je m'attends à un couplet antisémite. Que va-t-il faire ? Me tabasser ? Ou pire ? J'ai tellement peur que je suis prise d'une affreuse nausée.
– J'ai l'impression que tu n'es pas très sage, Lana Blum. Il va falloir que quelqu'un t'apprenne les bonnes manières.
Avec horreur, je le vois détacher la boucle de son ceinturon et la retirer des passants de son pantalon.

9

Je recule au fond de la pièce, il avance vers moi, le bras levé. Il lance un premier coup qui m'enflamme le dos. La puissance du choc me propulse à terre.

– Vous êtes de la vermine pire que les rats !

Il s'apprête à me frapper de nouveau. Je me protège le visage et la poitrine. Le ceinturon claque sur mes épaules. J'ai l'impression que ma peau éclate et prend feu en même temps.

– On va tout nettoyer ! Quand on aura fini, il ne restera plus rien !

Duke Nukem m'attrape par le cou et me soulève d'une seule main. Il est super fort ! Je me retrouve plaquée contre le mur, à deux centimètres de son visage rougeaud. Il m'envoie son haleine de vieux café à la figure.

– En attendant, je vais m'occuper de toi...

C'est là que la trouille et le dégoût m'insufflent un regain d'énergie. De mes mains attachées, j'essaye de le griffer. Je vise les yeux. Mes ongles s'enfoncent dans sa peau. Il hurle sans me lâcher.

Je tente le tout pour le tout en lui bourrant le ventre et le reste de coups de genou. Il y en a bien un qui atteindra son but. Je le vois virer à l'écarlate. Il me jette sur le côté et se plie en deux.

Je vole et me rattrape tant bien que mal à une table qui se renverse. J'ai juste le temps d'apercevoir les chewing-gums qui en constellent le dessous. Tout mon corps est ankylosé et je manque de réflexes. Je tombe lourdement.

J'ai le souffle coupé par la chute. Je roule par terre pour retrouver un peu d'équilibre.

À quelques mètres, Duke Nukem se tient les parties intimes en bavant de douleur. Quels que soient ses projets, il va devoir les retarder un peu.

Rassemblant mes dernières forces, je fonce vers la porte pour ouvrir le verrou. Mes mains moites glissent sur le loquet arrondi. Juste au moment où j'entends la serrure jouer, une main s'abat sur ma nuque.

– Viens là, salope !

Décidément, ils manquent d'imagination pour les insultes. Duke Nukem me jette sur le sol. Heureusement, le judo m'a appris à tomber et, cette fois, j'évite de me blesser. Une culbute et je suis debout.

– J'ai essayé d'être sympa avec toi mais c'est terminé !

Là, je sens que c'est fini pour moi. La nausée m'envahit.

Tout à coup la porte s'ouvre et MinoThor apparaît dans l'encadrement.

– Qu'est-ce que c'est que ce bordel ?

Il fond sur Duke Nukem qu'il dépasse d'une tête. J'ai l'impression de voir deux fauves s'affronter pour la domination du groupe. Mais MinoThor est bien plus puissant que Duke Nukem qui finit par baisser les yeux. Il n'est fort qu'avec les faibles.

– On n'a pas le temps pour ce genre de divertissement.

– D'accord, Louis.

– On a du boulot. Tu dois te concentrer.

– Oui.

Le chef se tourne vers moi et m'enjoint de le suivre. Je me glisse devant Duke Nukem en l'épiant du coin de l'œil. Il ne l'emportera pas au paradis.

Nous sortons dans le couloir. Mes jambes tremblent. J'ai mal aux poignets et au dos. En me débattant, je me suis blessé les paumes. J'ose à peine imaginer à quoi ressemble mon dos. Je ne peux même pas le toucher pour constater les dégâts.

Ce n'est pas vraiment la soirée que j'imaginais. Je pensais me blottir contre Jérémie, passer la nuit avec lui. J'appréhende son regard quand je vais le retrouver dans la salle de conférences.

On avance d'une dizaine de mètres. Au détour du corridor, la porte d'un placard est ouverte. Il ne va pas me faire le même coup que Duke Nukem ?

Non, il y a un gars qui s'agite avec une masse dans l'espace restreint du débarras. Il frappe de toutes ses forces dans le mur et des éclats de plâtre s'effondrent sur le sol. C'était donc ça le bruit qui nous parvenait dans la salle de conférences. Ces types sont en train de creuser un tunnel !

Il se retourne, couvert de poussière. Torse nu, il m'évoque immédiatement Conan le barbare. Il déborde de pectoraux et d'abdominaux. Et je ne parle pas de ses biceps. Comme MinoThor, il se prend pour un guerrier nordique.

– C'en est où ?

Conan hausse ses épaules de culturiste.

– Encore quelques coups et ce sera suffisant.

À quoi peut servir ce trou ? Sauf erreur, ils vont dans la direction opposée à la *Bank of China*. Mon hypothèse s'avère donc fausse.

Une autre question me tourmente. Pourquoi MinoThor m'a-t-il amenée là ? Pour me montrer l'avancée de leurs travaux ? J'en doute.

Il se tourne vers moi :

– Tu vois ce trou ?

Je suis obligée de répondre par l'affirmative.

– Tu vas peut-être nous être utile finalement...

À cet instant, son talkie crache des mots indistincts. MinoThor s'éloigne de quelques pas et entame une conversation tendue.

– Comment ça, un problème ?

Il me regarde comme si j'étais en cause. Mais je ne sais pas de quoi il parle ! J'espère juste que Jérémie va bien, et les autres aussi.

– On arrive.

MinoThor coupe sa radio et fonce sur moi. Ses longs cheveux blonds me touchent presque.

– Est-ce que tu veux assurer à tes copains une vie longue et heureuse ?

J'acquiesce, méfiante.

– Alors, tu viens avec moi. Mais attention. Si tu ne te tiens pas tranquille, ça risque de très mal finir.

Je hoche encore la tête. Je n'ai pas le choix. Il semble content et pivote sur lui-même. Nous remontons le couloir. On croise Duke Nukem qui joue très mal le gars piteux.

– Toi, va épauler Steeve.

Il obéit en traînant les pieds sans oublier de me jeter un regard plein de ressentiment. J'ai intérêt à me mettre le chef dans la poche pour qu'il me protège de ce malade.

À ma grande surprise, on grimpe les escaliers pour revenir au rez-de-chaussée. Il fait presque nuit. Les lumières sont éteintes et l'établissement est plongé dans la pénombre. Dehors, les réverbères s'allument.

On se dirige d'un pas rapide vers les locaux de l'administration. MinoThor ouvre une porte voisine du bureau du proviseur et me pousse à l'intérieur.

La pièce baigne dans l'ambiance bleutée des écrans de contrôle. Pour la première fois, je vois ce que filment les caméras de l'établissement. Il y en a beaucoup plus que je ne l'imaginais. Vaan est assis devant et les scrute avec application.

On aperçoit le hall, la cour, l'entrée, les couloirs, le tout sous plusieurs angles. C'est glaçant.

Le doigt de MinoThor désigne un moniteur. J'y distingue une silhouette qui passe la grille et disparaît dans le coin inférieur.

– Attends une seconde.

Il n'y a plus personne sur les écrans. Mais, comme annoncé, la silhouette revient sur un autre écran, à l'instant où elle monte les marches du perron pour accéder à la porte d'entrée. Il y a un angle mort sur plusieurs mètres à cet endroit.

J'oublie rapidement ce détail en reconnaissant la personne courtaude qui essaie de pénétrer dans l'établissement.

– Tu sais qui c'est ?

Le temps est peut-être enfin venu de négocier avec les ravisseurs.

– Qu'est-ce que ça m'apporte si je vous le dis ?

MinoThor arbore son mauvais sourire.

– Si tu te tais, on le descend par sécurité. Et je pourrai difficilement empêcher Bruno d'exercer des représailles contre toi et tes amis.

Le dénommé Bruno ne peut être que Duke Nukem. Je suis surprise que ces types ne fassent aucun effort pour cacher leur identité. Nous connaissons leurs visages, leurs prénoms. Ça ne m'encourage guère à l'optimisme car j'y vois l'indication qu'ils comptent nous tuer tous.

Mais il faut que j'aie l'air de croire les promesses de MinoThor. Il affiche sa bonne volonté pour éviter la panique et la révolte dans nos rangs. C'est étrange, je devrais être terrorisée et pourtant je réfléchis très clairement. Par contre, comme dans mes moments de stress prononcé, je suis prise d'une intense envie de dormir. Pour Mme Rivière, c'est une défense naturelle contre l'angoisse. Ça me fait une belle jambe !

– C'est monsieur Caton, le proviseur.

MinoThor semble embêté. Il n'avait manifestement pas prévu que le chef d'établissement reviendrait au lycée.

– On pourrait demander à...

– Ta gueule.

La proposition de Vaan tombe à plat. Son air crispé montre qu'il a conscience d'avoir commis une erreur. Il m'observe.

M. Caton examine le hall enténébré sans chercher à entrer. Il fouille dans son manteau, sans doute à la recherche d'un portable. Il a dû remarquer un détail inhabituel. MinoThor empoigne son arme, hésite.

Mes mains se remettent à trembler. Pourtant j'interviens.

– Si vous l'abattez, sa femme s'inquiétera. En plus, on est samedi soir, il y a plein de jeunes qui passent dans cette rue. Il y a un logement étudiant juste à côté. Il y aura des témoins.

– Qu'est-ce que tu proposes ?

– Laissez-moi lui parler. Je vais l'attirer à l'intérieur. Il me connaît, il ne se méfiera pas.

– Une élève encore au lycée un samedi soir à dix-neuf heures ?

– Je lui dirai qu'on m'a enfermée par erreur.

MinoThor me scrute de son regard métallique.

– Tu sais que si tu échoues, ça finira par un bain de sang. À commencer par tes petits copains. On a de quoi vous abattre.

Il ne bluffe pas. Je serre les dents.

– D’accord. Va le chercher.

Il m’enlève mes menottes et me tend les clés de l’entrée.

– Et dépêche-toi, il a l’air de vouloir repartir.

Sans demander mon reste, je me précipite vers la sortie.

10

Je cours dans le hall, encore incertaine sur mes jambes, ouvre les premières portes vitrées du sas d'une main nerveuse. J'ai l'occasion de me tirer d'ici ! Malgré moi, cette pensée s'impose et j'en ai honte. Il est hors de question que j'abandonne Jérémie et les autres à leur sort.

MinoThor l'a dit. Si je tente quoi que ce soit, ils nous abattront. Je n'ai pas envie non plus de voir M. Caton tomber sous les balles.

Je passe devant la loge de la gardienne. La nuit est maintenant complète. Les lampadaires éclairent la rue de lueurs jaunes, mouillées par la pluie incessante.

M. Caton est là, piétinant sur le perron. Il tente manifestement de téléphoner.

Je frappe à la porte vitrée de toutes mes forces. Le vacarme finit par attirer son attention. Son visage quand il m'aperçoit ! Il ressemble vraiment à un gros poisson avec sa bouche grande ouverte.

Coupant la communication, il se dirige vers moi, sort ses clés et déverrouille la serrure.

– Mademoiselle Blum ? Qu'est-ce que vous faites encore là ?

Je n'arrive pas à prononcer un mot.

– Vous allez bien ? Que s'est-il passé ?

– Marceline m'a oubliée. Elle a fermé l'établissement.

Il fronce les sourcils, incrédule.

– Pourquoi n'avez-vous pas sauté par-dessus la grille ? Ce ne serait pas la première fois...

Bonne remarque. Le proviseur est plus malin que je ne m'y attendais. Je dois trouver une parade très vite.

– Euh, les accès à la cour étaient fermés aussi.

– Et vous n'avez pas essayé d'appeler ?

– Je ne pouvais pas entrer dans les salles...

– Je veux dire, avec votre portable.

– Plus de batterie.

J'ai l'impression qu'il ne me croit pas malgré les mensonges qui me viennent naturellement. Il lance des regards méfiants en direction de l'établissement. Le fait que tout soit éteint semble le gêner.

Il recule d'un pas.

– Mademoiselle Blum, s'il y avait un problème, vous me le diriez ?

Je me force à sourire. Il faut absolument que je l'attire à l'intérieur pour éviter la fusillade.

– Bien sûr. Je récupère mon sac et on y va. Il est resté dans la salle de perm. Vous pouvez m'accompagner ?

Je crois que je suis en train de gagner. Ses réticences s'envolent. Il est prêt à me suivre.

– Où sont passées vos chaussures ?

La tuile ! J'avais complètement oublié que j'étais en chaussettes. Je bafouille pour me donner le temps de trouver une explication. Le visage du proviseur se ferme. Il recule, descend quelques marches, le téléphone sur l'oreille.

– Qu'est-ce que vous faites ?

– J'appelle la police. Cette histoire me déplaît souverainement.

– Non !

Malgré la pluie, je me précipite sur le perron. L'humidité imprègne immédiatement mes pauvres socquettes. Je glisse. M. Caton se tourne vers moi, étonné par ma brusquerie.

Je le rejoins. Il ne se décide pas à couper la communication. J'entends la sonnerie retentir.

– Raccrochez, s'il vous plaît !

– Tant que vous ne me dites rien, je préfère prévenir les autorités. C'est mon devoir.

À ce moment-là, un point rouge apparaît sur son front. Un laser ! Un des hommes de Salvus perché dans les étages vise la tête du proviseur. Le message est clair. Si je ne le ramène pas à l'intérieur, il sera mort dans quelques secondes. Et moi aussi.

Les larmes me montent aux yeux.

– Monsieur, arrêtez. Je vais tout vous raconter !

On échange un regard. Ses lunettes sont couvertes de buée. La tache écarlate se promène sur sa tempe.

– On doit rentrer dans l'établissement. Tout de suite !

– Pourquoi ?

– Coupez votre téléphone et je vous le dirai.

Mon cœur se serre.

– *Vous avez appelé la police, ne quittez pas... Vous avez...*

Un déclic. Il baisse enfin son portable et se tient prêt à m'écouter. J'inspire profondément.

– Il y a des types qui nous ont pris en otages à l'intérieur. Ils sont armés jusqu'aux dents.

Le proviseur esquisse un sourire d'incrédulité.

– Vous pensez vraiment que je vais vous croire ?

– Il y en a un qui vous tient dans sa ligne de mire en ce moment. Si vous appelez ou tentez de franchir la grille, il vous abattra. Et il tuera les autres.

– Quels autres ?

– Marceline, monsieur Faraz, Kylian et mon copain Jérémie.

Le fait que j'évoque le nom d'employés et d'élèves de l'établissement achève de le décider.

– Que voulez-vous que je fasse ?

– Le mieux serait que vous rangiez votre portable. Et que vous me suiviez à l'intérieur.

Il acquiesce, un peu troublé.

– Qu'est-ce que des terroristes viendraient fabriquer à Gustave-Caillebotte ?

– Je ne sais pas mais ils ont l'air très motivés.

Avec soulagement, je le vois remonter les marches. La tache rouge disparaît, indiquant que les néonazis sont satisfaits. Pour l'instant, on n'arrive qu'à retarder l'inévitable. Ces gars nous tueront dès qu'on ne leur sera plus utiles.

Je jette un regard à la grille brillante. Il serait si facile de courir dans sa direction. Peut-être que je pourrais l'atteindre en zigzaguant pour éviter les balles.

Mais cela reviendrait à appuyer une arme sur la tempe de Jérémie et à presser la détente. Je secoue la tête avec rage. Je déteste ces inconnus qui me forcent à éprouver des sentiments qui me font horreur.

Au moment où nous pénétrons dans l'angle mort de la caméra, M. Caton et moi, j'ai une idée. Je vérifie l'emplacement. Oui, c'est ça. En outre, il n'y a personne dans le hall pour nous observer. Les preneurs d'otages ont dû se planquer pour ne pas alerter le proviseur.

– Vous avez vos deux portables ?

Avec un peu de chance, il doit avoir le sien et celui du lycée. Je l'ai déjà vu jongler avec au cours des nombreux entretiens que j'ai eus avec lui dans son bureau.

– Oui, pourquoi ?

– Donnez-m'en un tout de suite. Ils vont vous fouiller.

Je dois avouer que M. Caton manifeste une présence d'esprit insoupçonnable. Sans rechigner, il plonge la main dans sa poche de pantalon et en ressort un téléphone qu'il me met dans la paume. L'appareil est tout chaud.

Je le glisse dans l'un des soufflets de mon treillis. C'est un modèle dépassé, un vrai pavé que je sens peser contre ma cuisse. Pour la discrétion, on repassera. Il aurait mieux valu qu'il me file celui du lycée qui est bien plus fin.

On arrive devant la porte, on entre. Je m'aperçois alors que je suis trempée.

Dès que la porte se referme derrière nous, deux gars surgissent, arme à l'épaule. MinoThor et Vaan.

– On lève les mains et on se détend, ordonnent-ils.

M. Caton a la joue gauche agitée d'un tic nerveux comme à chaque fois qu'il est très en colère.

– Ton téléphone.

Il tend la main au proviseur qui obéit sans dissimuler sa contrariété.

– Que faites-vous dans mon établissement ?

– C'est moi qui pose les questions, pépère. Est-ce que quelqu'un t'attend chez toi ?

– Non.

– Ne me mens pas !

– Je suis divorcé. Sans enfants. S'il y avait quelqu'un, vous pensez que je viendrais m'amuser à surveiller le lycée à une heure pareille ?

Tiens, M. Caton m'a bien baratinée avec sa prétendue « vie privée » qui doit se résumer à lire des livres administratifs dans son salon désert.

– Qu'est-ce qui t'amène, justement ?

– J'habite tout près et j'ai remarqué que les lumières étaient éteintes. On laisse toujours certaines lampes allumées. Et Marceline ne répondait pas à mes appels.

– Vous avez contacté quelqu'un d'autre ?

– Je voulais appeler la police mais mademoiselle Blum m'en a dissuadé.

MinoThor est tout miel quand il se tourne vers moi.

– Eh bien, je suis content de t'avoir fait confiance. Les races inférieures font de bons animaux de compagnie finalement. Il faut juste les empêcher de mordre.

J'ai envie de lui cracher au visage. M. Caton scrute MinoThor qui vérifie ses dires en consultant son journal d'appels. Heureusement qu'il m'a donné son téléphone perso. Sinon, il aurait eu du mal à s'expliquer.

– J'ai l'impression de vous avoir déjà rencontré...

– Ça m'étonnerait.

MinoThor ne semble pas très content. Mais le proviseur, tout à son idée, insiste.

– Je connais votre visage...

Je pense qu'il devrait se taire parce que les doigts de MinoThor sont de plus en plus crispés sur le clavier. Ses articulations virent au blanc. Les traits de M. Caton s'éclairent.

– Oui, je me souviens, vous êtes...

Il n'a pas le temps de terminer. D'un geste fulgurant, MinoThor lui décoche un coup de crosse sur la tempe. Le proviseur s'effondre dans un gémissement. Je me précipite vers lui, effrayée par la violence de l'impact.

– Pourquoi le frapper ? On est vos prisonniers de toute façon !

Je vérifie qu'il respire toujours. Son souffle est précipité. Il est juste assommé. MinoThor ordonne à Vaan d'approcher.

– Mets-le avec les autres.

– Il doit peser cent kilos !

– Tu n'as qu'à faire comme s'il était en fonte !

Vaan grommelle qu'il n'est pas le plus costaud de la bande mais s'exécute. Il place difficilement le proviseur sur son dos et s'éloigne. Je lui emboîte le pas.

– Où tu vas ?

– Je retourne avec les autres…

– Non, j'ai des projets pour toi.

Sa manière de prononcer le mot « projet » a le don de me glacer le sang.

11

Comme je le craignais, il m'entraîne jusqu'au placard.

J'entends les coups de boutoir de Conan qui s'attaque au mur. Duke Nukem est avec lui. C'est presque drôle de voir ces deux baraques pliées en deux dans l'espace confiné du placard, se relayant pour frapper la paroi de leurs masses.

Le plâtre a volé en éclats, ils n'ont réussi à desceller que quelques parpaings, dégageant un passage à peine suffisant pour un enfant.

De l'autre côté, il n'y a que du noir. J'ai peur de ce que va me demander MinoThor. Il pose sa lourde main sur mon épaule et je titube légèrement.

– Bon, on a encore besoin de toi. Ton intrusion dans la salle info nous a inspirés. Si tu obéis sans rechigner, tes amis ont une chance de s'en sortir...

Duke Nukem essuie son front couvert de sueur et de poussière.

– Louis, on n'a peut-être pas besoin de s'embêter avec tout ça. Je veux dire, qui les retrouvera ?

Le chef lève un doigt impérieux pour lui intimer le silence. Il ne lui accorde même pas un regard. Ses yeux ne me quittent pas.

– Écoute-moi attentivement. Voilà ce qu'on attend de toi. Tu vas descendre là-dedans et nous rapporter des documents très importants.

Qu'est-ce qu'il peut bien y avoir d'important dans les sous-sols du lycée ? La question me tenaille mais je la garde pour moi.

Il fouille dans une de ses poches et en sort un carré de plastique.

– Tu connais ? C'est une disquette 3,5 pouces. L'ancêtre de la clé USB, si tu veux.

J'en ai déjà vu. L'ordinateur qui utilise ce système de stockage ne doit pas dater d'hier.

– Tout ce qui ressemblera à ça, tu le prendras et tu nous le remonteras. D'accord ?

Je hoche la tête.

– On te guidera par talkie. Pas d'entourloupe ou tes amis vont déguster.

– J'ai compris.

MinoThor sourit encore. Il est plus qu'effrayant.

– Vous êtes prêts, les gars ?

Duke Nukem et Conan répondent par l'affirmative.

Les brutes s'écartent pour me laisser la place. On me colle dans les mains une torche électrique et un talkie. Voilà tout mon équipement pour affronter les ténèbres.

– Attends.

Ils avaient quand même prévu du matériel. On me tend un baudrier. Me rappelant les exercices sur le mur d'escalade, je l'enfile puis je resserre la sangle de la ceinture et les cuissardes.

Je glisse le gros téléphone sous les sangles sans que MinoThor le remarque. Enfin, je passe la corde rouge dans le mousqueton. De la spéléo sous le lycée ! Cette histoire tourne au délire.

– Tu es parée maintenant. Descends.

Je ne suis pas en position de refuser. Tout mon corps me signifie que c'est une mauvaise idée.

Je glisse mes jambes dans le trou. Une fois de plus mes hanches coincent un peu. Cela commence à devenir vexant. Le noir m'entoure et je suis obligée d'allumer ma lampe. J'aperçois dans le faisceau tremblant des tuyaux rouillés.

Tout pue ici. Un mélange de métal oxydé et d'œuf pourri. C'est écœurant, je dois me boucher le nez pour continuer.

Sauf que c'est impossible lorsqu'on évolue sous terre. Après quelques secondes, je renonce à protéger mon odorat afin de garder mes mains libres. Je chevauche un énorme cylindre en acier pour me déplacer. J'avance en m'aidant des coudes.

Un regard en arrière. Je ne vois déjà presque plus mon point de départ. Heureusement que je suis attachée à mon fil d'Ariane.

La peur me submerge. Je pense à Jérémie. C'est pour lui que je fais ça. Pour le sauver. Je transpire et j'ai du mal à respirer. Une nouvelle crise d'angoisse m'assaille.

Je me rappelle le jour où, avec mes parents, j'ai visité les grottes d'Hercule, près de Tanger. On voyait le détroit de Gibraltar se refléter à la surface de l'eau. Des types jeunes et bronzés s'amusaient à y plonger, brouillant les images.

J'aimerais bien avoir une clarté pour me guider.

Le faisceau de ma lampe révèle soit le noir absolu, soit les obstacles qui se dressent sur ma route.

Une voix crachote dans ma radio :

– *Tout va bien ?*

– Oui. La vue est superbe.

– *Tu continues sur une dizaine de mètres.*

– Et après ?

– *On te dira.*

En matière de communication, les néonazis ont encore des progrès à faire. J'avance tant bien que mal mais la lampe et le talkie m'entravent. Ils auraient pu me filer une frontale. Je comprends maintenant pourquoi les spéléologues se baladent avec ce type d'éclairage. Je passe le talkie à ma ceinture.

À quoi servent tous ces tuyaux ? Manifestement l'installation est très ancienne. Est-ce qu'elle remonte à l'usine qui existait sur le site dans les années soixante ? Je me demande ce qu'elle pouvait bien fabriquer.

Je progresse difficilement. Heureusement que je porte mon treillis au lieu de la jolie robe que j'avais envisagée ce matin. J'ai les mains couvertes d'une humidité rousse. Tout glisse.

C'est là que je me souviens que je n'ai pas remis mes chaussures. Ç'aurait pu être une bonne idée. Personne n'y a songé.

J'entends des ruissellements continuels. Des craquements. Et puis le cylindre sur lequel je suis perchée grince un peu trop.

– *Tu en es où ?*

J'interromps ma reptation pour saisir la radio.

– J'avance, mais ce n'est pas facile.

– *Grouille-toi. On n'a pas toute la nuit !*

Tout ne se déroule manifestement pas comme ils l'avaient imaginé. Leur opération est en train de prendre l'eau. Ils ont trouvé des gens sur place alors que l'établissement devait être vide. L'endroit leur est inaccessible et ils ont été obligés de m'y envoyer. Ils ne sont pas très au point. Finalement, je préférerais que ce soient des professionnels. Il y aurait moins de risques de bavures.

Je m'offre une pause.

L'auréole de lumière est désormais invisible dans mon dos. Je n'ai pas dû avancer en ligne droite. MinoThor ne peut plus me voir.

J'assure ma position à califourchon sur le cylindre. Puis je sors avec précaution le téléphone de M. Caton. J'espère qu'ils n'ont pas trop abîmé le proviseur. C'est d'ailleurs étrange qu'il ait cru reconnaître MinoThor. Mais je garde ma réflexion pour plus tard.

De mes doigts malhabiles, j'allume le téléphone. La lumière crue de l'écran m'éblouit. On me demande un code pin. Aïe, M. Caton n'a pas eu la présence d'esprit de me le donner.

Je réfléchis à plusieurs combinaisons. Comme beaucoup d'adultes, le proviseur n'est sans doute pas à l'aise avec les appareils modernes. Il n'a pas dû s'embêter avec une combinaison trop difficile. Peut-être qu'il a gardé le code par défaut.

Je tente le 0000. Ça marche ! C'était ça ou 1234.

J'essuie la sueur qui me perle au front et j'attends que l'appareil capte le réseau. Une petite musique s'élève. Je plaque le mobile contre moi pour étouffer le son. Les gars de Salvus sont sûrement aux aguets.

Je regarde. Aucune barrette. Zéro. Nada. Que dalle.

Je dois me trouver trop bas. Moi qui espérais capter jusqu'au centre de la Terre avec ce mastodonte.

Quand MinoThor m'appelle de nouveau, je manque lâcher le mobile.

– *Qu'est-ce que tu fous ? T'es toujours pas au bout ?*

Je m'empare du talkie après avoir éteint et rangé mon téléphone inutile.

– J'ai du mal à avancer. Ça glisse.

– *Dépêche-toi ou mon doigt va glisser sur la gâchette...*

La menace me serre douloureusement la gorge.

– *Tu m'as entendu ?*

– Oui.

Après un soupir, je me remets en route. De la laine de verre détrempée me frôle les joues.

Encore un effort. Devant moi, le tuyau forme un coude. J'attrape la radio.

– J'y suis.

– *Bon. Maintenant, tu vas descendre.*

Je balaye les profondeurs de ma torche. Je ne vois que des gouttes d'eau et des particules en suspension.

– Mais il n'y a rien pour s'accrocher !

– *C'est pour ça qu'on t'a filé un harnais. Allez, saute !*

– Vous rigolez ?

Un bruit de déclic métallique.

– *Tu entends ça ? C'est le chargeur de ma kalachnikov.*

Pas besoin de m'en dire davantage. Je vérifie que la corde est correctement enfilée dans le mousqueton, prends ma respiration comme si je plongeais et je bascule dans le vide.

12

Pendant un court instant, je suis en chute libre. Mon estomac me remonte dans la gorge. Je n'aurais pas dû me lancer comme ça.

Soudain je m'arrête. Heureusement, la corde amortit le choc, mais je suis propulsée sur le côté. Je me heurte à une paroi.

Des étoiles éclatent devant mes yeux. Je ne sais plus du tout où j'en suis. Où est le haut ? Où est le bas ? Je suis suspendue comme un poids mort.

– *Tu es là ?*

Il me faut un moment avant de reconnaître une voix humaine parmi les grésillements du talkie-walkie. MinoThor a l'air tendu. Trop gentil de s'inquiéter pour moi !

Je ne me presse pas pour répondre. Ma tête tourne, à moins que ce soit mon corps tout entier. Ma main droite reste crispée sur la corde pour l'empêcher de filer. Je tends l'autre pour attraper un point fixe.

À force de tâtonner, mes doigts rencontrent un tuyau. Je m'efforce de le saisir. Le contact est répugnant : du salpêtre sans doute.

Je m'agrippe. Le monde s'immobilise autour de moi.

– *Qu'est-ce qui se passe ? Tu es là ?*

Je me décide à attraper le talkie.

– Je suis là.

– *Qu'est-ce qui t'est arrivé ?*

– Vous avez laissé trop de mou ! J'ai failli me tuer !

– *Bon, descends maintenant.*

Intérieurement, je les remercie pour leur compassion. Pas de repos pour les braves. Je m'enfonce dans les profondeurs. J'en profite pour reprendre ma torche en main.

Je dirige la lumière autour de moi. J'ai atterri à l'intérieur d'une enceinte en tôle qui doit mesurer trente mètres de diamètre.

– Qu'est-ce que c'est que ce truc ?

Je n'imaginais pas trouver de telles constructions sous le lycée. J'appelle MinoThor.

– Dites-moi dans quoi je me suis fourrée.

J'en ai oublié le « s'il vous plaît ». Le chef doit sentir qu'il est temps de m'éclairer un peu.

– *Tu as atterri au milieu d'un gazomètre.*

– Quoi ?

– *Il y avait une usine à gaz sous le lycée. Le gaz était stocké dans ces immenses réservoirs.*

Je trouve étonnant qu'on ait construit Gustave-Caillebotte juste au-dessus d'une fabrique de produits hautement inflammables. L'endroit doit être complètement pollué. Si j'en juge par les odeurs qui flottent autour de moi, on n'a pas pris la peine de nettoyer avant de partir.

– Qu'est-ce que je suis censée faire là ?

– *Détache la corde. Tu n'en as plus besoin.*

Je m'exécute. Dommage, ce lien avec la surface me rassurait.

– *Tu vas marcher droit devant toi jusqu'à un passage.*

MinoThor n'a pas menti. Un peu plus loin, je découvre une ouverture dans la paroi métallique du gazomètre.

– *Tu y es ?*

– Oui.

– *Face à toi, il y a une galerie. Tu vas l'emprunter. Quand tu verras la rune Odal sur un mur, tu t'arrêteras.*

Je passe le seuil et me retrouve dans un couloir entièrement maçonné, en bon état. À certains endroits, des voûtes en pierre consolident le plafond. J'ai l'impression d'être dans les catacombes.

– C'est quoi, ce souterrain ?

J'ai involontairement parlé au talkie. Comme c'est mon seul contact avec le monde extérieur, je m'accroche à lui. Contre toute attente, MinoThor répond à ma question.

– *Il y avait d'anciennes carrières dans le coin. Elles ont été renforcées au moment de la construction de l'usine pour éviter les glissements de terrain.*

Super ! On en découvre des choses sous ce lycée ! Je me demande où ça va s'arrêter.

Comment se fait-il que les gars de Salvus connaissent ce souterrain ? Quand y sont-ils venus ? Ils ont en tout cas une bonne connaissance des lieux. J'imagine que l'accès qu'ils empruntaient a dû être bouché sinon ils n'auraient pas été obligés de creuser un passage depuis le placard.

Je m'efforce de rassembler mes idées.

D'abord il y a eu des carrières, puis une usine à gaz. Elle a été démantelée et le lycée a été construit au-dessus.

Ensuite, les gars de Salvus ont découvert les souterrains et, pour une raison que j'ignore, y ont déposé des disquettes qu'ils veulent maintenant récupérer.

Si je me rappelle bien notre article du club journalisme effectué sur Gustave-Caillebotte, l'établissement a été construit à la fin des années soixante-dix. Vu l'âge de ces néonazis, une bonne trentaine d'années, ils ont dû y être scolarisés au milieu des années quatre-vingt-dix.

C'est sans doute à cette occasion que l'un d'eux a découvert un passage vers l'ancienne usine et a marqué le chemin avec la rune. Je penche pour MinoThor. Ils ont de la suite dans les idées pour revenir vingt ans plus tard.

Qu'est-ce qu'il peut y avoir de si important sur ces disquettes ?

Je progresse dans la galerie avec précaution. Les pierres semblent rongées par les infiltrations d'eau. Certains endroits sont à la limite de l'éboulement.

Ma lampe éclaire enfin la rune gravée. Elle est couverte de concrétions. L'humidité qui règne est étouffante.

Le talkie crachote de plus en plus, au point que j'ai du mal à comprendre ce que me dit mon interlocuteur. Leur appareil ne porte pas assez loin, ou alors la réception se fait mal à travers les parois de pierre ou de fer.

– J'y suis. Qu'est-ce que…

À ce moment précis, le plafond s'effondre sur moi.

13

Par réflexe, je tends les bras pour me protéger.

Des pierres tombent en criblant le sol. L'une d'elles me frôle. Je me roule par terre pour échapper à l'éboulement. Enfin, tout s'arrête.

Après une longue apnée, j'aspire enfin un peu d'air. Il sent le renfermé. Ma lampe s'est cassée, je suis dans l'obscurité totale.

Je passe mon corps en revue. Les doigts. La main droite, puis la main gauche, remuent quand je leur en donne l'ordre.

– *Réponds !... ponds !*

Le talkie a survécu. Je l'ai lâché dès que le plafond s'est décroché. Je devine qu'il n'est pas très loin, peut-être à portée de main. Je tâtonne autour de moi en faisant abstraction du contact répugnant de la terre pourrissante.

Enfin, je m'empare de l'appareil. Je le ramène vers moi. C'est l'occasion de disparaître. Sans être bien certaine de ce que je fais, je l'éteins.

Plus rien. Je suis perdue dans le noir et le silence.

Ils ne vont pas se lancer dans une expédition de sauvetage rien que pour moi. S'ils me croient morte, je peux explorer toute seule le souterrain et comprendre leurs motivations.

Qu'est-ce que c'est que ça ? J'ai senti qu'on m'effleurait. Je me fige, les bras repliés contre la poitrine. Je perçois des petits cris perçants. Des bruits de pattes minuscules.

Des rats !

Penser que des bestioles dégoûtantes me tournent autour sans que je les voie !

Rapidement, je me relève. La station verticale me rassure un peu mais j'ai peur que les rats ne viennent me ronger les orteils si je reste sur place.

Perdue dans les ténèbres, je m'efforce de trouver un point de repère. En avançant, je rencontre le mur. C'est presque agréable de sentir mes doigts s'enfoncer dans une couche de salpêtre.

Ma main frôle la pierre irrégulière. Mon corps est encore tout endolori. Je vais avoir des réveils difficiles pendant une bonne semaine. Je crois que j'ai forcé sur mes coudes. Mes muscles tremblent de fatigue.

Soudain, je touche un creux dans la maçonnerie. Un défaut ? Non, c'est trop régulier. Mes doigts suivent les lignes gravées. Pas de doute : c'est la rune Odal.

Je rallume le téléphone du proviseur et je braque son faible faisceau devant moi.

Dans cette clarté, je repère de hauts conteneurs en cuivre. D'immenses tuyaux rouillés se croisent et s'emmêlent comme des serpents morts. J'aperçois des jauges et des cadrans par dizaines.

Je m'approche lentement. Sur les conteneurs, on a apposé les lettres H_2S. Qu'est-ce que ça signifie ? Sur les cadrans, les indications sont en bar. Pas besoin d'être une tête en chimie pour comprendre qu'il s'agit de pression.

Le H symbolise l'hydrogène et le S le soufre si je ne m'abuse. En conséquence, ce doit être de l'hydrogène soufré. Ou du soufre hydrogéné, mais ça sonne moins bien. Par contre, je n'ai aucune idée de l'effet de cette substance. Elle devait être extraite du gaz avant commercialisation. Je remarque simplement que les relents d'œuf pourri sont plus forts depuis quelques instants. Comme les mauvaises odeurs sont souvent un signe de dangerosité, je ne m'attarde pas.

Comment a-t-on pu laisser ce genre de substance sous un établissement scolaire ? Ça dépasse l'entendement !

Y aurait-il un rapport entre ces cuves et les disquettes qu'on m'a demandé de rapporter ?

J'avance avec précaution.

Un peu plus loin, les vagues lueurs laissent deviner un panneau électrique avec un très vieux commutateur en chrome et porcelaine. Je suis tentée de l'actionner. Au pire, il ne se passera rien.

Je tire sur le levier. Et tout s'allume.

14

Des ampoules jaunâtres apparaissent çà et là. Elles pendent à de gros fils. Beaucoup ne fonctionnent plus. Manifestement, quelqu'un a bricolé tout cela il y a longtemps.

Les câbles d'alimentation remontent vers les étages supérieurs. Ceux qui les ont installés ont dû se raccorder au système électrique du lycée.

Dans un coin, un peu plus loin, s'entassent des canettes de bière par dizaines, quelques mégots écrasés jonchent le sol et des coussins vaguement orange sous une importante couche de poussière. Quelqu'un est venu ici et s'est installé confortablement. On parie qu'il s'agit de mes amis néonazis ? Ils ont bien choisi leur endroit car il ne semble pas aussi humide que le reste. Pour preuve, le tissu des coussins n'est pas rongé par la pourriture.

Au milieu se dresse une table recouverte d'une bâche en plastique. Je l'enlève et me retrouve face à un ordinateur des temps anciens. Le moniteur est gigantesque. Le processeur a l'air d'être intégré à l'arrière du clavier. J'y découvre une étiquette qui annonce : « Atari 1 040 STf ». Mes parents ont le même type de matériel entassé à la cave.

Les lignes sont très dures et rectilignes. La souris ressemble à un petit cercueil.

Jérémie serait aux anges s'il était ici. Il m'expliquerait tout un tas de détails techniques que je n'écouterais pas.

C'est alors que je repère une boîte en plastique au couvercle transparent remplie de disquettes. Celles que MinoThor m'a envoyée chercher. Au moins, je ne rentrerai pas les mains vides.

J'attrape la boîte et je m'éloigne. Après quelques pas, je suis prise d'un doute. Qu'est-ce qu'il peut bien y avoir sur ces disquettes qui vaille qu'on se lance à l'assaut d'un lycée ?

J'allume de nouveau le portable du proviseur : il est minuit et quelques. Mon exploration des bas-fonds de Gustave-Caillebotte a été plus longue que prévu, les néonazis risquent de s'impatienter, mais il y a peut-être de quoi contrecarrer leurs projets dans les disquettes.

Si je reviens trop tard, Jérémie sera exposé au pire. Si je rentre sans avoir acquis plus de renseignements, tout cela aura été vain. Je décide de tenter le coup.

J'ouvre le couvercle. La plupart contiennent des jeux : *Kick Off 2, Vroom, Rick Dangerous, Stunt Car Racer, Gods, Arkanoid*... J'en sors une sans étiquette. Un numéro est inscrit dans un angle au marqueur. Où est le lecteur ?

Je repère une fente sur la droite dans laquelle je glisse la disquette. J'allume le tout. La machine émet des grattements frénétiques. Elle est si bruyante ! Et si lente ! Il lui faut une bonne minute pour se mettre en marche. Mais elle fonctionne toujours. C'est du solide.

Un fond d'écran vert s'affiche. Ainsi qu'une fenêtre :

Ouvrir Disc A : O / N ? _

Je tape sur O. Des lignes de texte défilent. On se croirait dans un *Matrix* pour le troisième âge. L'ordinateur patine. Je perds patience. Je m'apprête à l'éteindre et à partir avec la boîte sous le bras quand, finalement, le contenu s'affiche.

Il s'agit d'un texte.

En ce jour, nous déclarons ouverte la réunion du groupe Odal.

Présents :

- Louis (maître de séance),
- Marion (secrétaire),
- Florian,
- Bruno,
- Jean-Pierre,
- Steeve,
- Gilbert.

Voici d'abord les circonstances qui nous ont amenés ici. Car la postérité devra tout connaître lorsqu'elle écrira notre histoire glorieuse. La découverte de cet endroit revient à Steeve qui, puni, a exploré le sous-sol du lycée.

Il a franchi les planches qui en dissimulaient l'accès et est descendu le premier dans les souterrains.

Par la suite, nous avons exploré les lieux et fini par atteindre les réserves de gaz. Le destin nous a mis sur la route de quantités importantes d'hydrogène sulfuré. D'après nos recherches, c'est un gaz très toxique, même s'il n'est pas aussi dévastateur que le Zyklon B.

Nous avons d'abord pensé diffuser le gaz dans l'établissement pour le dératiser un peu. Mais il faudrait enfermer toute la vermine dans une même pièce pour que ce soit efficace.

L'autre problème, c'est l'odeur. Le gaz sent tellement mauvais que l'alerte serait donnée sur-le-champ. Nous devons trouver autre chose.

Je suis effarée. Comment peut-on écrire de telles horreurs avec un ton aussi détaché ? Si je comprends bien, en parlant de vermine ils visent des élèves de l'établissement ! C'est abominable !

Je m'efforce de me calmer et je relis tout plus tranquillement. J'avais donc raison sur un certain nombre de points. D'une part, les gars de Salvus étaient bien des élèves de Gustave-Caillebotte. Mino-Thor, alias Louis, était déjà le chef. Xena, alias Marion, était déjà l'esclave.

Je note que deux membres ont fait défection puisque aujourd'hui il n'y a pas trace de Gilbert ni de Jean-Pierre. Sinon le groupe est resté très soudé. Je me demande même si ce document n'est pas une manière de se lier à jamais.

La première disquette s'arrête là. Je l'éjecte et en insère une autre. Nouveaux grattements furieux.

Elle raconte leurs travaux pour aménager l'endroit. Comme je m'en doutais, ils ont tiré des fils depuis les lignes électriques du lycée. Ils ont installé peu à peu des lumières, un ordinateur acheté par leurs soins et des coussins. Une véritable cabane d'aventuriers du côté obscur. Florian semble l'architecte de ces travaux.

J'entre la disquette suivante.

Celle-là contient le compte-rendu de plusieurs de leurs réunions. C'est un concentré effrayant de haine raciste.

Leur vision du monde est organique. Chaque pays est un corps attaqué par des microbes, nom qu'ils donnent aux étrangers avec d'autres qualificatifs aimables comme vermine ou parasite. Ils se voient comme le système immunitaire qui défend l'organisme contre les agressions extérieures.

Quel raccourci délirant. Un pays n'est pas un organisme. Il est composé d'individus. Et le corps humain n'est pas un système isolé du monde extérieur. Il ne cesse d'avoir des échanges avec son environnement, sans quoi il meurt. Enfin, si un pays est un corps, il ne peut survivre qu'en allant chercher un autre pays pour créer une vie nouvelle.

Je commence à comprendre la raison pour laquelle ils ont voulu récupérer ces disquettes. Elles sont compromettantes. Ces gens-là n'ont jamais renoncé à leurs projets de massacre.

Ils s'interrogent ensuite à propos de leur mode d'intervention. Je suis écœurée par tout ce temps et cette énergie gaspillés à nuire à autrui.

Je passe de disquette en disquette.

Je m'arrête sur ce passage :

> Aujourd'hui, nous avons perdu un membre. Gilbert vient de nous annoncer qu'il changeait d'établissement. Nous savons qu'il s'agit d'une fausse excuse. Il veut quitter le groupe. Nous avions tous senti son manque d'investissement dans notre cercle de réflexion mais personne n'imaginait qu'il irait jusqu'à la trahison.
>
> Nous avons procédé à un vote en son absence. Le verdict est la mort à l'unanimité.

J'en ai froid dans le dos. Ces types ne reculent devant rien.

J'avance rapidement à la séance suivante.

> Nous avons exécuté la sentence.
>
> Après avoir convié Gilbert à une dernière réunion, Marion l'a attiré vers un trou. Florian a dû le pousser. Gilbert est tombé dans une des galeries creusées à l'époque des carrières. Louis l'a achevé à coups de pierre sur la tête.
>
> Nous avons ensuite jeté le corps dans un gazomètre. La chute pourra expliquer sa mort. Le cadavre nous rappellera, à chaque fois que nous passerons devant, ce qu'il en coûte de renier notre idéal.

Ils sont complètement malades ! J'ai un frisson rétrospectif rien qu'à l'idée de les avoir croisés. Quand je pense qu'ils détiennent toujours Jérémie et les autres ! Il faut que j'y retourne au plus vite.

Je parcours en diagonale la fin du fichier. Mes yeux se fixent sur les derniers paragraphes.

> La disparition de Gilbert agite l'établissement. Nous devons nous débarrasser de son cadavre qui risque d'être bientôt découvert, notamment parce qu'il sent très mauvais.
>
> Louis a effectué des recherches afin de savoir pourquoi il y a encore de l'hydrogène sulfuré sur place. D'après lui, l'entreprise chargée de nettoyer les lieux n'a pas terminé son travail. Cela revenait beaucoup trop cher.
>
> Il a aussi découvert dans les archives les appels d'offres qui avaient été réalisés auprès d'entreprises spécialisées pour nettoyer les lieux. Celle qui a été retenue se nomme Styx.
>
> Louis propose de la faire chanter et d'utiliser l'argent récolté pour fonder notre propre boîte, par exemple une compagnie de sécurité privée qui permettrait de s'armer et de s'entraîner sans attirer l'attention. Pour convaincre l'entreprise, il nous suffira d'une photo des conteneurs en cuivre à l'abandon.
>
> Ensuite, nous pourrons nous consacrer à de plus grands projets.
>
> La proposition a été acceptée à l'unanimité.

15

Il me faut quelques secondes pour me remettre de cette lecture éprouvante. Je viens d'assister en accéléré à la mise en place d'une cellule d'activistes néonazis. Maintenant tout me semble plus clair.

J'ai même une idée de ce qu'il s'est passé. Parmi les autres légendes qui courent sur l'établissement, il y avait celle de l'élève muré dans les fondations du lycée. Est-ce que ça pourrait être l'histoire du malheureux Gilbert, transformée par le bouche à oreille ?

Cela signifierait que les gars de Salvus n'ont pas réussi à se débarrasser du cadavre. Leur passage souterrain a été condamné et les preuves du meurtre sont restées au fond. Voilà pourquoi ils voulaient les récupérer.

Reste à savoir ce qu'ils entendent par « de plus grands projets ». J'ai la certitude que les gars de Salvus ne sont pas là que pour les disquettes. Ils ont un plan.

Peut-être ont-ils réussi à faire chanter l'entreprise et à réunir suffisamment d'argent pour fonder leur groupe de sécurité.

Le nom de cette société, Styx, me rappelle vaguement quelque chose, j'ai déjà croisé une compagnie similaire.

Bien sûr ! Il s'agit de la Styx Petroleum pour laquelle travaillait Opioman ! Est-ce que cela voudrait dire que McNess & Visanto est encore mouillé dans l'histoire ? Il faudra que je vérifie qu'il s'agit bien de la même entreprise et qu'elle appartenait déjà à la multinationale dans les années soixante. Ils sont partout.

Je n'ai plus de temps à perdre. La boîte de disquettes sous le bras, je me mets en route.

Je m'éloigne lentement, dépassant les conteneurs en cuivre puis le signe Odal gravé sur le mur. Le vieux téléphone du proviseur n'éclaire pas grand-chose. Sa luminosité s'estompe après quelques mètres et m'oblige à raser les murs.

J'essaie d'économiser la batterie malgré tout, parce que j'espère bien pouvoir passer un coup de fil une fois que je serai sortie.

Enfin j'arrive à l'endroit où j'ai failli tomber. Le couloir est barré par des éboulis. Manifestement, j'ai échappé de peu à un ensevelissement. Heureusement que ma lampe s'était cassée et que je n'en ai rien soupçonné. J'en serais morte de frayeur.

Je ne vais quand même pas rebrousser chemin !

Une ombre attire mon attention. Là-haut, à la limite du plafond, il y a un espace libre.

La boîte dans une main et le portable dans une autre, je commence l'ascension du tas de pierres.

À mi-chemin j'entends des cris aigus, les rats sont de retour. Un frisson me remonte depuis l'échine. L'idée de les sentir de nouveau me frôler les jambes, voire le visage, est au-dessus de mes forces !

Cependant, une petite voix dans ma tête me dit que je n'ai pas le choix. Avec un gros soupir, je repars. Le mobile à bout de bras, je dois ressembler à la statue de la Liberté. L'idée me fait sourire malgré les conditions difficiles de ma remontée. Il faudra que je raconte ça à Jérémie.

Notre week-end en amoureux est complètement tombé à l'eau. À l'heure qu'il est je devrais être à la maison, les oreilles encore pleines du concert, le cœur battant, à l'attendre sous ma couette. Ou bien à me faufiler dans le couloir pour me glisser dans le canapé ouvert pour lui.

Après avoir trébuché une dizaine de fois, les coudes et les genoux égratignés, je parviens au sommet du tas de gravats. Le passage est minuscule. Ça va être l'enfer de me traîner là-dedans.

Malgré moi, je retiens ma respiration comme si je plongeais dans les fonds marins. Je pousse la boîte devant moi, c'est le seul moyen.

La progression est affreusement lente. Je dois déplacer la boîte, ramper, le bras toujours levé pour m'éclairer.

Des rongeurs s'égaillent sur ma route. Je serre les dents de peur qu'un rat tente d'entrer dans ma bouche.

Il faut avouer qu'ils semblent encore plus effrayés que moi. La lumière les met en fuite avec des couinements hystériques. Je n'imaginais pas qu'il y en avait autant dans les sous-sols de Paris.

Alors que je crois poser ma main sur une pierre, un piaillement retentit. Je hurle de dégoût. C'est un rat !

Il bat en retraite aussitôt, pourtant la sensation de ce pelage sur ma paume me poursuit longtemps. Je glisse le portable entre mes dents pour garder les bras libres et maudis M. Caton d'avoir un modèle aussi périmé.

En me tortillant, je parviens à passer de l'autre côté du tas de gravats. Je vais être tout sauf présentable à la sortie. Mais tout mon esprit est tendu vers la manière de sauver Jérémie.

Je n'ai pas intérêt à me manifester auprès des preneurs d'otages avant d'avoir prévenu la police. Il vaut mieux aussi que je planque la boîte, histoire d'avoir de quoi négocier.

Si on s'en sort avec Jérémie, je compte bien me blottir dans ses bras jusqu'à la fin du monde. Mais je serai plus rassurée si les gars de Salvus sont en prison, en particulier Duke Nukem qui m'effraie au dernier degré.

Je m'affale sur le sol. C'est moi ou l'éclairage commence à faiblir ? Il ne manquerait plus que la batterie me lâche au moment où je dois passer un coup de fil.

Je marche rapidement et retrouve l'entrée du gazomètre.

J'espère qu'ils ont laissé la corde en place, sinon je suis mal. Mon souhait a été entendu. La corde est là. Je tire dessus de toutes mes forces. Ça devrait tenir.

Comment procéder avec la boîte ? J'enfile le harnais de nouveau. Puis j'attache mon paquet à l'extrémité de la corde. Je la remonterai après.

Je commence l'ascension en essayant de me rappeler les cours de gym de M. Lyhus. Je pose mes pieds sur la paroi et me hisse à la force des bras. Très vite les paumes de mes mains sont couvertes de cloques.

La bouche sèche, essoufflée, les mains en sang, je parviens enfin au gros cylindre sur lequel je me suis hissée à l'aller. J'ai toutes les peines du monde à m'y remettre à califourchon. Mes cuisses glissent en permanence. Finalement, d'un coup de reins, je me propulse à cheval sur le conduit. J'ai mis le téléphone dans ma poche. De toute façon, je commence à apercevoir la lumière de la sortie.

En me mordant les lèvres pour ne pas crier de douleur, je tire sur la corde pour remonter mon colis. Heureusement, il n'est pas bien lourd. Je le récupère sans trop de difficultés. Puis je le cale sous mon bras gauche.

J'avance presque facilement, en laissant des traces de sang sur la rouille. J'aperçois bientôt la sortie au milieu des innombrables tuyaux et des plaques de laine de verre qui se détachent du plafond.

Sur les derniers mètres, je deviens plus discrète qu'une souris. J'espère de toutes mes forces que MinoThor et sa clique ne m'ont pas préparé un comité d'accueil.

Je passe la tête dans l'orifice, aspirant avec délice un air pur. Il n'y a personne. Je dépose la boîte sur le sol avant de m'extraire du boyau. Puis je planque les disquettes et le harnais dans un seau que je recouvre d'une serpillière. M. Faraz serait fier que son matériel de nettoyage serve à duper les preneurs d'otages.

Deuxième étape : me cacher.

J'avance une tête hors du placard. Personne dans le couloir non plus. Les néonazis ont dû abandonner tout espoir de me récupérer. Cela joue plutôt en ma faveur. Ils laisseront Jérémie tranquille s'ils me croient morte ou grièvement blessée.

J'ai le passe dans ma poche. Je peux m'introduire dans n'importe quelle salle. L'idéal serait d'atteindre les étages supérieurs pour que personne ne m'entende téléphoner. Problème : c'est aussi le chemin le plus dangereux.

Je laisse la corde sur place pour ne pas éveiller de soupçons. Il existe un escalier de secours de l'autre côté du lycée, près des salles des prépas. On n'a pas le droit de l'utiliser mais, vu les circonstances, je me donne l'autorisation.

Je me faufile, sans un regard pour la salle de conférences qui est close. J'espère que tout va bien pour Jérémie.

Bientôt, l'escalier se dresse devant moi avec son avertissement : « À n'utiliser qu'en cas d'urgence ». Je monte les marches quatre à quatre. Mon sang bat dans mes tempes. Par chance, l'établissement est toujours plongé dans la pénombre. Si les gars de

Salvus se baladent avec des lampes, je les repérerai facilement.

Aucune trace des preneurs d'otages.

Je grimpe jusqu'au troisième. J'entends la pluie tomber frénétiquement sur le toit. J'avise la salle d'arts plastiques et y essaie le passe.

La porte s'ouvre ! Je m'engouffre et referme derrière moi.

Je passe derrière le bureau du prof et me recroqueville en dessous. Il n'y a pas d'autre planque dans la pièce, occupée par un évier, de grandes tables de travail et un matériel hétéroclite.

Frénétique, j'appuie sur les touches du téléphone. On a bien dit le 17.

– *Vous avez demandé la police, ne quittez pas...*

Le message se répète. J'espère que quelqu'un va répondre. Après tout, il est près de trois heures du matin si j'en crois le portable.

Au bout de longues secondes, on décroche enfin.

– *Police-secours, j'écoute.*

Ma gorge se serre tellement que j'ai du mal à articuler mes mots.

– *Allô ?*

– Oui, je suis retenue en otage avec quatre autres personnes dans le lycée Gustave-Caillebotte. Il y a des gars armés jusqu'aux dents. Il faut que vous veniez, vite, ils ne rigolent pas !

J'ai parlé d'une traite. Un silence dubitatif m'accueille.

– *Comment vous appelez-vous ?*

– Mon nom est Lana Blum et je suis élève de ce lycée. On nous a pris en otages. Des néonazis.

– *En pleine nuit ? Alors qu'il n'y a pas cours ? Si c'est une plaisanterie, mademoiselle, elle n'est pas très drôle.*

– Vous ne comprenez pas ! J'étais collée. Ils sont arrivés dans l'après-midi et depuis ils nous retiennent.

En désespoir de cause, je joue mes derniers atouts :

– Demandez le lieutenant Nogar. Dites-lui que Lana Blum l'a appelé.

À cet instant, la poignée de la porte s'abaisse.

16

Je coupe la communication et serre l'appareil contre moi. Je me recroqueville sous le bureau du prof.

Quelqu'un agite la poignée sans pouvoir entrer. Heureusement que j'ai refermé la porte à clef. Si ça se trouve, les néonazis refont un tour des salles. Ils ont peut-être remarqué que j'étais ressortie du souterrain.

Quand on frappe au battant, je suis prise de court. J'imagine difficilement l'un des barbouzes toquer poliment avant d'enfoncer la porte.

– Lana ?

La voix chuchote. Elle est méconnaissable. Qui connaît mon prénom ? Plusieurs des membres de Salvus ont cette information.

J'hésite. Est-ce que je vais ouvrir ou pas ? Mais si on m'appelle à cette porte, ce n'est pas par hasard. On sait que je suis là.

– Lana !

L'appel devient plus pressant. Je sors de sous le bureau et me dirige vers la porte. Je prends soin de me placer sur le côté au cas où on tirerait à travers le battant. Comme dans les films.

Une silhouette de taille moyenne pénètre dans la salle. Visiblement, mon inconnu n'a pas envie de rester dehors. Il referme derrière lui.

– Merci de m'avoir laissé entrer.

C'est seulement à cet instant que je reconnais mon prof d'EPS.

– Monsieur Lyhus ? Qu'est-ce que vous faites là ?

– La même chose que toi. Je me cache.

C'est la dernière personne que je m'attendais à voir ici. Il faut dire qu'il n'a pas le profil d'un super-héros. Sa spécialité, c'est la course de fond. Il est petit et tout sec avec une barbe noire clairsemée et de longs cheveux de la même couleur rassemblés en queue de rat. Je l'aime bien parce qu'il m'a encouragée en gym.

– Comment vous êtes arrivé ici ?

Il regarde autour de lui d'un air traqué.

– Je rangeais du matériel en sous-sol. Certains samedis matins, on loue le gymnase à des particuliers et ils le rendent dans un état lamentable. Et puis j'ai vu des gars habillés en militaires. Je me suis planqué derrière un tas de tapis. Et j'ai attendu.

– Vous n'avez pas essayé de vous enfuir ?

– Je n'avais pas envie de prendre une balle. Après, comme je n'entendais plus rien, j'ai fini par sortir de ma cachette et je t'ai vue passer. Tu avais un portable en main. Je me suis dit que tu allais appeler la police. Non ?

Pour un peu, c'est moi qui devrais le rassurer.

– Oui, je l'ai appelée mais je ne pense pas qu'elle m'ait prise au sérieux.

– Pourquoi ?

Je lui explique brièvement la situation : les anciennes carrières, l'usine à gaz, les élèves néonazis qui reviennent sur les lieux de leur crime. Et surtout les otages : Jérémie, Kylian, Marceline, M. Faraz et le proviseur. Je termine mon récit avec mon escapade dans les profondeurs.

M. Lyhus ouvre de grands yeux.

– Des néonazis qui seraient d'anciens élèves du lycée ? C'est complètement fou ! Je comprends que la police ne t'ait pas crue. Quel est ton plan maintenant ?

– Je pensais me planquer jusqu'à ce que les flics arrivent.

J'avoue que je ne sais plus trop où j'en suis. J'espérais que mon coup de fil à la police me sortirait de l'impasse. Au lieu de ça, je piétine. J'aimerais voir Jérémie. Pourvu qu'il ne soit pas blessé. Je l'imagine en train de se vider de son sang quelque part.

– Et les disquettes ?

La question de M. Lyhus me tire de mes pensées. Je l'observe. Son air de hamster triste m'énerve. Je n'aurais pas dû lui en parler. Heureusement, je n'ai pas précisé où je les avais dissimulées.

Je hausse les épaules, indécise.

– Je pourrais peut-être m'en servir comme monnaie d'échange…

Malgré la peur qui s'empare de moi à la simple idée de quitter mon refuge, l'image de Jérémie s'impose.

Et si les gars de Salvus, furieux de ne pas me voir revenir, s'étaient vengés sur lui ?

– Tu ne veux pas partir d'ici ? S'ils surveillent des otages au sous-sol, ils ne contrôlent pas toutes les issues...

– Ils ont accès aux caméras du lycée.

Je soupire. Je ne peux pas sortir de l'établissement sans risquer d'être repérée par les caméras et s'ils me repèrent, les preneurs d'otages se vengeront sur les autres.

Je compose de nouveau le 17. M. Lyhus fait un geste pour m'arrêter.

– *Vous avez demandé la police, ne quittez pas...*

Mais personne ne décroche. La phrase est répétée en boucle. Ils sont peut-être débordés. À cette heure-là, il ne doit pas y avoir grand monde. Le prof, qui est assez proche pour entendre le message enregistré, me prend le portable, coupe la communication et chuchote :

– Il suffit que le policier de garde soit parti aux toilettes. Tu réessaieras plus tard.

J'acquiesce mais j'insiste pour récupérer le téléphone. Il est plus de quatre heures du matin. Le jour se lèvera dans quatre heures environ. Je n'en peux plus d'attendre. Je dois voir Jérémie.

M. Lyhus semble complètement paumé, il sursaute au moindre bruit.

Quand il me voit me redresser, je le sens proche de l'évanouissement.

– Où tu vas ?

– Dans la salle de conférences.
– Mais tu vas te jeter dans la gueule du loup !
– Il y a mon copain là-bas.
Mon ton décidé lui cloue le bec.
– En plus, je ne vous oblige pas à m'accompagner. Vous pouvez rester là. Je ne dévoilerai pas votre présence.
Je suis moins assurée que je le prétends. Mes jambes tremblent horriblement. J'ai l'impression que je vais tomber si j'avance d'un pas.
M. Lyhus se relève avec difficulté. Il porte un jean et une chemise blanche qui soulignent sa maigreur.
– Non, je viens avec toi, laisse-moi une seconde.
Il sort de sa poche une boîte dont il avale deux gélules. Je n'ai pas le temps de déchiffrer l'étiquette. J'hésite avant de lui demander :
– Qu'est-ce que c'est ?
– Un médicament contre l'hypertension.
– Et ce n'est pas gênant pour la course de fond ?
– Cela fait partie du traitement. Et puis, je ne sais pas si tu l'as remarqué, je suis en situation de stress majeure.
Je n'insiste pas. S'il veut se shooter, c'est son problème. Je me prépare à repartir. D'abord, j'enlève mes chaussettes qui sont trempées. Je préfère être pieds nus que de laisser des traces de pas derrière moi.
Puis je me nettoie les mains au lavabo en m'efforçant de ne pas produire de bruit en faisant couler l'eau. Mes paumes ont souffert de l'escalade.

Les lampadaires de la rue envoient des reflets qui me permettent de trouver des chiffons maculés de peinture et de les enrouler autour de mes écorchures. Je gémis. Les plaies m'élancent douloureusement.

Malgré la peur qui me tenaille le ventre, je suis prête. M. Lyhus a l'air plus calme : les médicaments sans doute. Je me demande quand même si je ne préférerais pas y aller toute seule.

Je colle mon oreille à la porte pour vérifier qu'il n'y a personne dans le couloir. Mon cœur bat à toute allure et j'ai du mal à calmer ma respiration pour mieux capter les sons du couloir.

J'entrebâille le battant. Les ténèbres et le silence règnent. J'hésite avant de me jeter de nouveau dans le dédale des corridors.

MinoThor doit sans doute rôder dans les parages.

Prenant mon courage à deux mains, je me glisse le long du mur, M. Lyhus sur les talons.

Je progresse avec précaution, attentive au moindre bruit. Dans le lointain, Paris s'éveille. Quelques coups de klaxon, des rugissements de mobylettes, des voitures qui manœuvrent.

J'aimerais être chez moi. Je pense à ma mère. Je suis soulagée que les gars de Salvus lui aient laissé croire que j'allais passer la nuit chez des copains. Elle se serait rongé les sangs.

L'extrémité du couloir. Personne à gauche, personne à droite.

Jamais je n'ai parcouru ces quelques mètres aussi lentement. Je me dirige vers les escaliers de secours.

Je pousse la barre de la porte. Le déclic résonne enfin et je me retrouve dans la cage d'escalier. Le sol est si froid que j'ai l'impression de patauger dans une eau glacée.

Plus je m'approche de Jérémie, plus je crains qu'il ne lui soit arrivé quelque chose de pire qu'un coup de tête. Je m'en veux d'avoir tant tardé. Dès notre arrivée au sous-sol, je franchis le seuil de la cage d'escalier.

Tout à coup mes pieds se prennent dans une corde invisible. Je tombe en avant. M. Lyhus a le réflexe de me retenir avant que je ne m'affale par terre. Qu'est-ce qui s'est passé ?

Je me retourne. Un câble électrique court en plein milieu du chemin, à l'endroit même où la porte de l'escalier s'ouvre sur le sous-sol.

J'espère que je n'ai pas déclenché d'alarme. Je suis le câble des yeux, il rejoint un bloc sombre aux reflets orangés.

Je dois en avoir le cœur net. Je l'éclaire avec mon portable. Il y a une étiquette sur la brique. Pas besoin d'être une tête en anglais pour comprendre de quoi il retourne : « Semtex Explosive Plastic ».

17

Je reste tétanisée par ma découverte. Ces malades ont donc décidé de faire sauter l'établissement. Cela explique pourquoi ils n'essayaient pas de dissimuler leur identité. Ils comptent nous faire exploser avec le bâtiment.

Glacée, je suis les fils à la lueur de mon portable. Ils sont reliés à des pains de plastic déposés sur les piliers et des murs porteurs.

Et dire que j'ai eu la tentation de partir ! Je ne me serais jamais pardonné d'avoir abandonné Jérémie et les otages.

Dans le même temps, je me demande pour quelle raison les gars de Salvus ont prévu de tout dynamiter. Ont-ils de si mauvais souvenirs de leur scolarité ? Non, l'explication est forcément ailleurs. Ils veulent sans doute détruire les preuves de leur crime.

En avançant un peu, je constate que tout le sous-sol est miné. Les trois étages qui s'élèvent au-dessus de moi semblent tout à coup peser très lourd.

– Ça va ?

M. Lyhus me regarde avec ses yeux de lapin pris dans les phares. Est-ce qu'il a compris ce qu'il se passe ? J'ai soudain très chaud, un bourdonnement me monte aux oreilles.

Le prof me soutient une nouvelle fois. Ses médicaments semblent efficaces, il ne paraît pas trop affecté par ce rebondissement.

Moi, cette découverte me terrorise. J'aspire l'air à pleine bouche pour retrouver la maîtrise de moi-même. Le vertige passe. Je me redresse. Mes pas demeurent chancelants mais j'avance coûte que coûte.

Le sous-sol est plongé dans la lumière faible et verdâtre des issues de secours, donnant à tout le décor un aspect glauque et effrayant.

Au tournant, je m'arrête. Des échos de voix me parviennent. Une torche en main, Duke Nukem parle dans son talkie. Je dresse l'oreille pour capter ses paroles.

– Louis ? Tout est en place ici.

Il a réglé le son tellement fort que j'entends même la réponse de MinoThor.

– Dès que Florian et Steeve ont terminé dans les étages, on passe à la phase 4.

– Bien reçu.

Dans ma tête, je récapitule. La phase 1 doit consister à investir le lycée. La 2 à retrouver les disquettes. La 3 à plastiquer les locaux. Et si la 4 était la mise à feu ?

Duke Nukem n'en a pas fini. Manifestement, il est chargé des communications. Et ça lui plaît. Il appuie sur les boutons de son joujou avec délectation.

– Florian, tu me reçois ?

– *Putain, m'appelle pas quand je manipule du C-4 !*

– C'est pour savoir où vous en êtes.

– *C'est bon pour le rez-de-chaussée et le premier. On s'occupe du second et du troisième en ce moment.*

Heureusement que je ne suis pas sortie de la salle d'arts plastiques quand ils montaient installer les explosifs.

– Je peux m'occuper des tags ?

– *Si tu veux, mais laisse-nous bosser !*

Duke Nukem a l'air d'énerver tout le monde, ce qui me conforte dans la répulsion qu'il m'inspire. La communication s'interrompt dans un crachotement. Le néonazi ne s'en formalise pas. Tout son esprit semble tendu vers une idée. Le sourire malsain qui flotte sur ses lèvres est effrayant.

Je le vois prendre un livre dans le sac qu'il porte sur le dos en permanence, l'ouvrir et le poser devant lui. À l'aide d'une bombe de peinture, il commence à tracer des caractères sur le mur.

Au début, ça ne ressemble absolument à rien. J'imagine qu'il dessine ses runes préférées. Et puis, progressivement, je reconnais cette écriture. C'est de l'arabe.

Je regrette tout à coup d'avoir toujours refusé d'apprendre la langue de ma mère. Je suis incapable de lire la phrase qu'il inscrit. En même temps, je ne suis pas certaine que ce crétin comprenne quoi que ce soit non plus étant donné qu'il écrit de gauche à droite, comme en français.

Pour l'avoir déjà vu souvent, je ne parviens à déchiffrer que le takbîr : « Allah akbar. » Pourquoi des néonazis s'amusent-ils à écrire des formules musulmanes sur les murs de l'endroit qu'ils veulent raser ?

Soudain, l'évidence me frappe de plein fouet : ils cherchent simplement à mettre leur attentat sur le dos d'un groupe islamiste.

Cela fouette ma motivation. Il faut que je retrouve Jérémie. D'après ce que j'ai entendu, tous les membres du groupe sont occupés. Xena doit être seule avec les otages.

J'attends que Duke Nukem ait fini ses gribouillis pour continuer ma route.

– Tu sais qu'il y a une porte à l'arrière ?

– Comment ?

M. Lyhus a chuchoté. Il précise :

– La salle de conférences est aussi utilisée pour des spectacles. Il y a une entrée des artistes dans le fond.

Pour la première fois, le prof d'EPS s'avère utile. Et pas qu'un peu ! Je lui demande de me montrer le chemin.

Je me retiens pour ne pas le pousser tant il avance au ralenti. Nous contournons la salle de conférences. Par chance, le pschitt de la bombe de Duke Nukem s'éloigne.

Comme l'a dit M. Lyhus, une porte se trouve à l'arrière. J'appuie sur la poignée. La serrure est verrouillée.

Je sors le passe donné par Marceline. La clé tourne sans problème. Pourvu que le prof ne craque pas. Il a l'air très angoissé.

D'ailleurs, je le vois reprendre un cachet. Cette fois, je parviens à lire l'étiquette : « Propranolol. » Jamais entendu parler.

Mon attention revient sur le battant que je tire doucement vers nous. Les gonds ne grincent pas.

Je m'engouffre dans un petit couloir intérieur, éclairé par la lumière verte des issues de secours. Le bonhomme stylisé qui court est une bonne représentation de mon état d'esprit.

On traverse une pièce étroite qui doit être un vestiaire. Il y a des cintres vides et des bancs.

Un peu plus loin, une autre porte nous conduit vers la salle technique qui abrite une console de mixage. Une large vitre donne sur l'amphithéâtre mais elle est bouchée par un épais rideau noir.

Si Lyhus est pâle, je crois qu'il tiendra le coup.

Je m'essuie la bouche d'un revers de main. Je pousse la dernière porte. On arrive dans les coulisses.

Des voix me parviennent. Je reconnais le timbre du proviseur sans saisir ce qu'il dit. Des rideaux nous bloquent le chemin. Il y a aussi un piano droit derrière lequel je me dissimule. Dans l'entrebâillement, j'ai vue sur la salle.

En me penchant, je distingue Marceline qui ouvre de grands yeux effrayés. Un peu plus loin, M. Faraz semble complètement désespéré. Où est Jérémie ?

M. Caton utilise toujours le même ton tranchant quand il sermonne un élève.

– Allons, dites-nous ce que devient cette jeune fille. Vous nous aviez promis qu'elle reviendrait et cela fait des heures qu'elle est partie.

Je comprends qu'il parle de moi. Mais où se trouve-t-il ?

Je m'imagine débarquant comme une héroïne pour le sauver. Je me tords le cou. Il est assis dans un coin. Impossible de voir son visage.

Pendant ce temps, le proviseur continue de s'adresser à une Xena fatiguée.

– Je sais que vous êtes une ancienne élève. Je vous ai aperçue l'an dernier pour les trente-cinq ans du lycée. Vous avez un motif de vengeance ? S'il y a eu des abus dans les années passées, je peux demander une enquête.

La voix de M. Caton est rauque. Il a dû beaucoup parler. Ce qui me rassure, c'est que le proviseur s'est remis de son coup de crosse sur la tête.

Si seulement je pouvais signaler ma présence aux otages sans être vue de Xena. Prudemment, je rampe de l'autre côté du piano. Cet endroit est plus éclairé et plus proche de la néonazie.

Tandis que le chef d'établissement retient l'attention de Xena, j'avance légèrement la tête pour avoir une vue plus large sur la scène de l'amphithéâtre.

Enfin j'aperçois le visage de Jérémie. Il est conscient.

J'ai envie de lui faire signe, de l'appeler.

On me tire en arrière. C'est M. Lyhus qui semble terrifié par ma témérité. Passée une seconde d'agacement, je reconnais qu'il a raison.

Me voilà rassurée. Il n'y a pas eu de mesures de rétorsion contre les otages. Je n'ai plus qu'à retourner me planquer.

Au moment où je recule dans l'ombre, une sonnerie se déclenche. Il me faut une seconde pour comprendre qu'il s'agit de mon portable.

18

Je me fige. Quelle imbécile ! J'ai oublié d'éteindre le téléphone du proviseur !

Xena l'a sûrement entendu. La preuve, M. Caton a cessé de parler.

Je sors le téléphone de ma poche comme s'il s'agissait d'un serpent venimeux et je le jette sur le côté. Cela va peut-être me laisser le temps de fuir. Je me replie à l'arrière du piano.

– Qu'est-ce que c'est ? Il y a quelqu'un ?

Xena paraît paniquée. Un bruit de chargeur.

– C'est mon mobile !

M. Caton vient d'intervenir.

– Je l'ai caché derrière le rideau quand je me suis réveillé.

– Ce n'est pas possible. Louis vous a fouillé. Il m'a dit qu'il vous l'avait pris.

– J'ai deux téléphones, un personnel et un professionnel.

Un silence. Je suis incapable de bouger. J'ai l'impression qu'à chaque seconde, une balle peut creuser un trou dans le bois qui me protège.

Pendant ce temps, la sonnerie continue de jouer. Enfin, elle s'arrête.

– Poussez-vous !

Xena s'approche. Je perçois ses semelles épaisses sur le sol. Elle arrive par la droite. Je me fais violence pour m'obliger à rouler de l'autre côté. Je me place avec M. Lyhus contre le flanc gauche du piano. Le rideau achève de nous dissimuler. Si la néonazie décide de le contourner, elle nous trouvera sans problème.

Le prof d'EPS tremble contre moi. Paradoxalement, sa lâcheté me donne du courage.

De ma cachette, je vois le portable sur le sol. Xena le pousse du pied comme s'il s'agissait d'un animal dangereux feignant d'être mort pour mieux vous attaquer. Le boîtier tourne sur lui-même.

Puis sa main s'avance pour l'attraper. J'avale difficilement ma salive.

– J'ai oublié de l'éteindre. Je tentais d'appeler ma famille. Pour qu'ils ne s'inquiètent pas. Vous comprenez ?

M. Caton ment avec un aplomb impressionnant. Je suis toujours étonnée de surprendre les adultes en flagrant délit de mensonge. Est-ce que ça suffira à convaincre Xena ?

Elle recule et sort de mon champ de vision. Je suis passée à deux doigts du désastre. Ma respiration est douloureuse, comme si mes poumons allaient se déchirer en se gonflant d'air.

– Tu voulais prévenir les flics, hein ?

Xena a laissé tomber le vouvoiement. Ses mots sifflent entre ses dents. Cela n'augure rien de bon.

– Tu les as eus ?

– Je n'ai pas pu appeler. Vous m'avez surveillé tout le temps. Et puis je vous ai dit que je souhaitais juste rassurer ma famille.

J'entends qu'on pianote sur le clavier. Si Xena consulte les derniers numéros composés, elle va...

– Menteur !

Un choc. Le proviseur gémit. Des bruits sourds se succèdent.

– Arrêtez ! Vous allez le tuer !

Marceline a crié. Nouveau déclic.

– Toi, la négresse, tu la fermes !

Xena tombe le masque. Elle n'est pas différente de ses acolytes finalement. Quand je pense que j'ai failli avoir pitié d'elle !

Les coups reprennent. M. Caton ne résiste pas. Il a dû perdre connaissance. Je ne peux pas la laisser faire. Comme guidée par des fils invisibles, je me dresse au-dessus du piano, éblouie par la brusque lumière, et je crie :

– Non !

En un quart de seconde, j'embrasse la scène. Xena est occupée à passer le proviseur à tabac. Elle porte toujours le mobile dans la main gauche et son arme dans l'autre. Elle me dévisage, stupéfaite.

Ce n'est pas la seule. Marceline est tournée vers moi, les yeux écarquillés. M. Faraz idem. Quant à Jérémie, ses yeux brillent.

– Salope !

Xena a craché. Ce n'est jamais que la troisième fois qu'on m'insulte en vingt-quatre heures. La néonazie relève le canon de son arme et le braque sur moi.

Une frayeur inédite me cloue sur place. Je comprends que cette fois elle est déterminée à tirer.

À ce moment, avec une rapidité que je ne lui connaissais pas, Jérémie, les mains toujours attachées dans le dos, bondit sur elle en hurlant et la bouscule d'un coup d'épaule.

Cela suffit à la déséquilibrer. Pour se rattraper, elle lâche le portable qui glisse dans ma direction. Il est arrêté par le rideau juste à mes pieds.

Je n'y prête guère attention. Une flamme sort du fusil d'assaut. Un éclat de bois me déchire la jambe. Je n'ai que le temps de me protéger le visage de mes bras.

Trois détonations assourdissantes éclatent encore. L'arme doit être réglée en mode automatique. Des cordes du piano cèdent avec un miaulement fantomatique. Le cadre est déchiqueté.

Je pense enfin à me jeter au sol. J'ai eu le temps de voir Jérémie peser de tout son poids sur Xena pour l'empêcher de tirer. Marceline l'a rejoint.

– Lana, va-t'en !

La pensée de m'emparer de la kalachnikov de Xena m'effleure mais je suis trop terrifiée pour cela. Mon seul geste maîtrisé consiste à attraper le portable abandonné.

Ensuite, je me jette dans la salle de mixage. Lyhus me talonne. Pendant un instant, j'avais carrément oublié son existence.

Nouveaux coups de feu. La vitre explose.

Je me rue dans le couloir qui conduit à la sortie. Le prof de sport a du mal à me suivre tellement il est paniqué.

– On devrait se rendre !

Après les risques que Jérémie et les otages ont pris pour moi, il n'en est pas question. Lyhus insiste au moment où j'ouvre la porte.

– Tu pourrais négocier leur libération avec les disquettes !

– On n'a pas le temps.

Les petits camarades de Xena ont dû entendre les détonations. Ils vont rappliquer. Je m'élance. Ma seule chance de survie est d'emprunter la sortie de secours.

Je manque tomber à plusieurs reprises. Il n'y a que dans les films qu'on a une belle course esthétique. Moi, je chancelle, je trébuche. Mais je dois continuer. Tout le monde compte sur moi. Je repense à la manière dont ils se sont jetés sur Xena, au proviseur qui a tenté de me protéger. Je n'ai plus droit à l'erreur. J'ai le devoir de m'échapper et d'avertir la police.

La porte est là-bas.

Soudain, une silhouette se dresse sur mon chemin. Je m'arrête net. Heureusement mes pieds nus accrochent bien sur le sol, même si la peau commence à chauffer.

Je fais demi-tour. Lyhus s'effondre devant Mino-Thor qui braque sa lampe sur nous. J'ai juste le temps de bondir sur le côté pour ne pas être prise dans son faisceau.

Des cris me parviennent. J'ignore ce qu'il lui fait mais il doit passer un sale quart d'heure. Tant pis pour lui, je pense malgré moi.

Je monte les marches de l'escalier principal quatre à quatre. Ils s'attendent sûrement à ce que je fonce vers les sorties. Je préfère me réfugier dans les étages. Pas dans les salles d'arts plastiques, dans les salles de sciences plutôt. Ils auront plus de mal à me repérer car elles sont pleines de matériel. J'arrive au premier sans rencontrer personne. Je suis obligée de m'arrêter, des sanglots me déchirent la poitrine. Des larmes s'échappent de mes yeux, brûlantes. Je les essuie d'un revers de main.

Pas le temps de m'attendrir.

Je tends l'oreille. Il n'y a pas âme qui vive au second. Ils doivent quadriller le rez-de-chaussée. J'aperçois des briques d'explosifs accrochées un peu partout.

J'ai un goût de sang dans la bouche. Ne pas prendre la première porte. J'ouvre la troisième sur la gauche.

Une grande salle avec des paillasses et des lavabos s'étend devant moi. Je referme le verrou. J'avance. Je la traverse et pénètre dans le labo de bio.

Je retiens un cri en me trouvant nez à nez avec un squelette ! Derrière des portes vitrées, j'aperçois des animaux empaillés. J'ai l'impression qu'ils sont prêts à me sauter dessus.

Où me cacher ? Dans un placard ? Les meubles sont surmontés par des affiches et des bocaux. Ils touchent presque le plafond mais il y a peut-être moyen de se glisser au-dessus de l'étagère du haut.

Avec précaution, je grimpe sur une table pour me hisser. Comme je le prévoyais, il y a assez d'espace pour que je m'allonge derrière les rouleaux et les récipients de verre.

Mon cœur tambourinant toujours dans ma poitrine, je prends le téléphone. La lumière éclaire des yeux de bœufs trempés dans le formol.

Je détourne le regard, nauséeuse, et lance le rappel du dernier numéro.

19

Les bips de la numérotation automatique forment une mélodie plate et banale. Ça sonne. On décroche presque aussitôt.

– *Allô ?*

J'ose à peine parler. C'est une voix chaude, grave. Tout d'un coup, je pense à mon père que je n'ai pas vu ni entendu depuis des mois. J'aimerais qu'il soit là ! Que ma mère soit là aussi.

– *Vous appelez du lycée ?*

– Oui.

– *Que s'est-il passé ?*

– Vous êtes qui d'abord ?

– *Je suis le négociateur du RAID.*

– C'est vrai ?

J'ai du mal à y croire, mais mon interlocuteur ne se démonte pas.

– *Mon prénom est Bernard. Comment puis-je vous appeler ?*

À cet instant, j'éclate en sanglots. Parce que je le crois. Parce que la police est enfin avertie. Parce que, pour la première fois, j'ai bon espoir d'être sauvée. Je n'arrive plus à m'arrêter. Les larmes ruissellent sur mes joues.

Bernard attend patiemment que je me calme.

– *C'est vous qui avez appelé police-secours ?*

– Oui. Je m'appelle Lana Blum.

– *Lana, pouvez-vous me dire ce qui s'est passé ?*

Son ton calme et bienveillant m'apaise. Malgré tout, j'ai l'impression qu'il ne me fait pas confiance.

– Je suis élève au lycée Gustave-Caillebotte. J'étais collée hier après-midi et des gars ont débarqué avec des flingues.

– *Vous avez pu leur échapper sans qu'ils vous voient, je suppose ?*

– Non, ils m'ont vue. Ils sont à mes trousses ! Je me suis cachée.

– *Êtes-vous blessée ?*

Mentalement, je me livre à un examen de mon corps. Mes pieds sont douloureux. Des échardes sont plantées dans ma cuisse droite. J'ai des contusions dans le dos suite au traitement de Duke Nukem. Mes mains sont en sang, mes muscles douloureux.

– J'ai pris quelques coups mais ça va.

– *Lana, tous les renseignements que vous pourrez me donner seront d'une extrême importance pour dénouer la situation. Pouvez-vous me résumer les faits ?*

J'inspire longuement. Mes idées fuient dès que je veux les mettre au clair. J'attrape un éclat de bois fiché dans ma cuisse et je l'arrache. La souffrance me donne un coup de fouet. Je m'efforce de lister les informations dont le négociateur doit avoir besoin.

– Il y en a cinq. Ils ont créé la société Salvus, sans doute une compagnie de sécurité privée. Ce sont d'anciens élèves du lycée. Leurs prénoms sont Florian, Steeve, Marion et Bruno. Leur chef s'appelle Louis. Je n'ai pas l'impression qu'ils utilisent des noms de code. Ils ont tous entre trente et quarante ans. Ils sont armés de kalachnikovs.

J'ôte un second fragment fiché dans ma cuisse.

– Ce sont des néonazis. Et super entraînés. Ils sont tous blonds, grands et costauds. Ils portent un écusson avec la rune Odal.

Je cherche encore quoi lui dire.

– Ils nous retiennent en otages. Nous sommes cinq. Non, six. Il y a Marceline, monsieur Faraz, monsieur Caton le proviseur, monsieur Lyhus, le prof d'EPS. Mon copain Jérémie et moi. S'il vous plaît, sauvez-nous !

Les larmes reviennent et ma gorge se serre.

– *Est-ce que les preneurs d'otages se sont montrés violents avec vous ?*

– Ils nous ont menacés, frappés à plusieurs reprises. Des coups de crosse.

Je revois le ceinturon de Duke Nukem. Celui-là, je lui souhaite le pire.

– Ils ont tiré dans notre direction mais sans nous toucher. Ils n'ont aucune intention de négocier, Bernard. Ils ont installé des explosifs dans tout le bâtiment.

– *Ils vous l'ont dit ?*

– Je les ai vus ! Il y a des explosifs partout !

Une pause.

– *Lana, je voudrais que vous me décriviez précisément ce que vous avez vu, le détail du dispositif.*

Là encore, les mots se bloquent dans ma gorge. Puis je me reprends.

– Je crois que c'est du plastic. Sous forme de briques orange. Il y a des tiges métalliques enfoncées dedans d'où partent des fils électriques. Et… Ah oui, je m'en souviens maintenant, j'ai lu « Semtex » sur les charges.

Le négociateur enregistre les infos sans marquer de réaction particulière. J'ai l'impression qu'il prend des notes sur tout ce que je raconte.

– Vous allez intervenir ?

– *Nos équipes sont sur place. Nous avons été avertis par le lieutenant Nogar qui vous a déjà rencontrée.*

– Il est là ?

– *Il est en route. Il nous a dit que vous aviez été très courageuse. J'ai encore besoin d'informations, Lana.*

– Allez-y.

– *Savez-vous quelles sont les revendications du dénommé Louis et de son groupe ?*

Son vocabulaire technique me désarçonne un peu.

– Je l'ignore. Ils m'ont demandé de récupérer des disquettes qui traînaient sous le lycée. Je les ai lues. Elles contiennent leur programme. Ils avaient tout planifié quand ils étaient au lycée : la compagnie de sécurité privée, le chantage…

– *Que voulez-vous dire en parlant de chantage ?*

– Le lycée est construit sur une ancienne usine à gaz. Si j'ai bien compris, Styx, l'entreprise chargée de mettre le site aux normes, n'a pas réalisé son travail correctement et il reste des fûts de gaz toxique sur place.

Un effort de mémoire me permet de retrouver le gaz en question :

– C'est de l'hydrogène sulfuré.

– *Vous en êtes sûre ?*

– J'ai lu les inscriptions sur les conteneurs ! C'était marqué H_2S dessus. Les gars de Salvus ont fait chanter Styx pour trouver l'argent nécessaire à la fondation de leur société.

– *Mais pourquoi sont-ils revenus dans le lycée avec des armes ?*

– Ils ont bombé des inscriptions en arabe sur les murs. Je pense qu'ils veulent qu'on attribue l'attentat à un groupuscule islamiste.

Je me rends compte que mon histoire a du sens et que j'ai finalement découvert pas mal de choses sur Salvus. Le négociateur, lui, a l'air de douter parce qu'il pose la question suivante avec un faux détachement.

– *Comment avez-vous eu accès à ces informations ?*

– J'erre dans ce lycée depuis plus de dix-sept heures. J'ai eu le temps de voir des choses. Vous pensez que ce sont les terroristes qui me dictent ces paroles pour vous manipuler ? Vous ne me croyez pas ?

– *Bien sûr que si. Le lieutenant Nogar a parlé en votre faveur.*

Je me calme un peu.

– Le policier de garde, lui, ne m'a pas crue quand j'ai appelé…

– *Il nous a tout de même alertés. Je ne voulais pas vous mettre mal à l'aise. Où vous trouvez-vous actuellement ?*

Bien que je le sache parfaitement, j'ai le réflexe idiot d'observer les alentours. Les yeux de bœufs me fixent depuis leur bocal translucide. Je me détourne.

– Je suis dans un labo de bio au deuxième. Entre les salles 201 et 207.

– *Et Louis et son groupe, quelle est leur position ?*

– Ils sont au sous-sol, dans la salle de conférences. C'est là qu'ils gardent les otages. Mais ils sont peut-être montés dans les étages à ma recherche. Vous allez intervenir rapidement ?

– *Nous évaluons la situation pour prendre la meilleure décision possible.*

Je le préférerais plus entreprenant.

– Il faut les surprendre ! Ces types ne se rendront pas ! Ils iront jusqu'au bout ! Et mes amis sont là-bas !

Je me rends soudain compte que j'ai complètement oublié Kylian.

– Je me suis trompée ! J'ai oublié un otage. Il y a aussi Kylian. La dernière fois que je suis entrée dans la salle de conférences, il n'était pas avec les autres. Ils l'ont peut-être tué !

J'ai honte de l'avoir oublié.

– Les autres se sont battus pour que je puisse m'enfuir. Vous devez intervenir ! Sinon, ils nous tueront tous !

J'ai presque crié cette dernière phrase. À cet instant, j'entends qu'on défonce une porte, sans doute à coups de pieds. Le bruit est tout proche. Mon ventre se serre douloureusement. Je chuchote :

– Je crois qu'ils m'ont retrouvée... Ils sont tout près. Je vais devoir raccrocher.

Sans attendre de réponse, je coupe la communication. Le silence me tombe dessus comme une chape de plomb.

De l'autre côté du mur, les bruits de pas se rapprochent.

Je m'assure que le téléphone est bien hors tension. Puis je le serre contre moi comme s'il s'agissait d'un bouclier.

Plus aucun son ne monte de la salle adjacente. J'ai beau tendre l'oreille, je ne perçois que les battements de mon cœur.

Le faisceau d'une lampe passe à plusieurs reprises sous la porte. J'écrase mon poing sur ma bouche pour ne pas crier. Pourvu qu'il s'en aille !

Ma poitrine se glace quand il appuie sur la poignée et que le battant s'ouvre avec une lenteur insupportable. Un éclat de lumière blanche aux reflets bleutés pénètre dans le laboratoire.

La voix de MinoThor parvient jusqu'à moi, grasseyante.

– Lana ? Je sais que tu es là...

20

Il bluffe, c'est sûr. Pourtant, je suis morte de peur. Je me recroqueville derrière les bocaux.

De sa lampe, fixée à son arme, il examine les moindres recoins du labo. Je le vois ouvrir les placards, bousculer les éprouvettes. Le verre tinte comme un avertissement.

Je m'efforce de ne pas respirer, mes poumons me brûlent. J'ouvre la bouche pour aspirer l'air plus doucement.

Ses gestes sont de plus en plus saccadés. Je préfère ne pas imaginer ce qu'il me fera subir s'il me découvre.

Comme je le pensais, il ignore que je suis là. Il doit prononcer sa petite phrase à chaque fois qu'il entre dans une salle. Cela semble stupide mais ça marche, je suis à deux doigts de fuir instinctivement.

Les muscles à l'arrière de ma cuisse se nouent en une crampe atroce. Je n'aurais jamais imaginé que ça puisse être aussi douloureux. J'ai envie de hurler.

MinoThor a presque fini. Il va quitter la pièce. Je sens sa frustration monter vers moi en ondes désagréables.

Enfin, il remet son arme à l'épaule et se dirige vers la porte. Je n'en pouvais plus. Je me relâche imperceptiblement et un mauvais réflexe fait tressauter un de mes genoux. Cela suffit à déplacer un récipient dont le fond racle le bois de l'étagère. Le bruit résonne tel un coup de tonnerre.

MinoThor s'arrête. Ses semelles couinent lorsqu'il pivote sur lui-même.

– Tiens, tiens…

Je m'attends presque à ce qu'il chuchote : « Ça sent la chair fraîche ». Je ferme les yeux, paralysée. Ma cuisse se contracte toujours douloureusement. Plus MinoThor se rapproche, plus je me crispe. Il est tout près. Je me mords les lèvres pour ne pas crier. Il renifle comme s'il pouvait me repérer à l'odeur.

– On dirait qu'il y a des rats dans ce laboratoire…

Sa voix m'insupporte.

– De gros rats…

Il veut me pousser à l'erreur. Et ça marche ! Je ne peux plus supporter cette tension. Une envie irrésistible de fuir me submerge.

Malgré moi, je remonte mes jambes. Des bocaux tombent du haut de l'armoire et s'écrasent sur le sol. Une odeur de formol me prend à la gorge. Je pousse celui qui contient les yeux de bœuf. De toutes mes forces. Il tombe sur MinoThor qui lève un bras, surpris. Manifestement, il ne s'attendait pas à ça. Je balance les dernières munitions qu'il me reste.

L'un des récipients de verre éclate en lui heurtant le crâne. Le néonazi lâche son arme et se tient le visage en beuglant.

Je dois profiter de son aveuglement pour m'enfuir. Je saute de mon perchoir mais mes jambes ankylosées ne répondent plus. Je m'étale sur une table qui supporte des représentations de molécules. La maquette explose sous mon poids, des billes multicolores roulent sur le sol.

Je saute, les pieds en avant. Mon talon frappe MinoThor au visage. J'entends un craquement qui me retourne le ventre. Je perds l'équilibre et je m'écroule par terre. Même pas le temps d'enregistrer la douleur.

Je me précipite vers la porte, glissant sur les débris qui jonchent le sol.

Une main attrape mon pantalon. Je rue pour échapper à l'emprise du tueur. Ses narines sont couvertes de sang. J'ai dû lui casser le nez. Mes réflexes de judo m'aident à lui faire une clé au poignet. S'il n'était pas diminué, je n'y serais pas parvenue.

Il me lâche et je m'affale sur le dos, poussant la porte dans mon élan.

Je roule dans la salle de cours, incrédule. Je vais m'en sortir ! Un pas en avant, puis un autre. Je me rends alors compte que mes pieds sont constellés d'éclats de verre.

Impossible de rester debout. La douleur me cisaille les jambes jusqu'aux reins. Je me jette à terre et rampe sur les coudes pour me dissimuler derrière une paillasse. Je me débarrasse des éclats de verre.

J'entends MinoThor s'agiter dans le labo. Dans sa colère, il fracasse tout. On dirait qu'un taureau fou a été lâché dans cet espace réduit.

Je me tortille pour gagner la porte. J'y suis presque. Si je l'atteins, je suis sauvée. Mes doigts effleurent le montant. Je me redresse pour accéder à la poignée. La porte est fermée ! Je tourne le verrou.

J'ouvre en grand. Un air frais me caresse le visage, refoulant les effluves de formol.

Je me trouve nez à nez avec un canon noir qui pue la poudre et le métal. On m'attrape par les cheveux et on me soulève sans ménagement.

– Tu pensais aller où ?

Pas de bol pour moi, c'est Duke Nukem. Il a l'air salement remonté. Je lutte mais il est trop fort. D'un bras, il me traîne vers la fenêtre au fond du couloir. Le jour se lève.

– Regarde ce que tu as fait !

Il me colle contre la vitre. J'aperçois la rue en contrebas. Des bagnoles de flics sont garées à bonne distance et la voie est barrée. Les gyrophares bleus combattent la clarté grise du petit matin. Il y a aussi les éclats jaunes de rampes lumineuses sur les camionnettes.

– Tout ça, c'est ta faute !

Il me lâche et je m'écroule, incapable de me tenir debout. J'ai laissé des traces de sang derrière moi. Duke Nukem braque son arme sur moi.

Au moment où il va tirer, un cri suspend son geste.

– Arrête !

Je reconnais la voix de MinoThor. Il arrive, amoché. Des larmes coulent de ses yeux rougis. Son nez est cassé au niveau de l'arête.

– Mais Louis, elle a alerté les flics ! Ça fout tout notre plan par terre !

– Justement, on va avoir besoin de cette peste pour négocier ! Tu ne la touches pas ! Je la veux en bon état.

Duke Nukem fulmine. Il montre la fenêtre de sa kalachnikov.

– Tu as vu ces mecs cagoulés ? On dirait le RAID...

– Tu voulais les meilleurs adversaires, non ? Tu les as.

Je dois reconnaître que MinoThor sait garder son calme. Il saisit ma main droite et déplie mes doigts toujours serrés sur le portable. Du canon, il m'ordonne de le précéder.

– Je ne peux pas marcher !

– Il va bien falloir pourtant.

J'effectue des petits pas.

Comme je progresse péniblement, Duke Nukem prend un malin plaisir à me caresser les côtes avec la crosse de son fusil.

J'essaie de faire le point. D'un côté, la police est avertie, de l'autre je suis capturée encore une fois. Je ne vois pas ce que je peux faire de plus désormais. La fatigue m'envahit. La nuit a été blanche et un peu trop mouvementée à mon goût.

On redescend vers le sous-sol.

– Eh, Louis, on pourrait peut-être rebrancher le téléphone pour négocier avec le RAID, non ?

Duke Nukem semble de plus en plus nerveux. Cela me réjouirait presque si je n'étais pas dans sa ligne de mire.

– On en discutera plus tard, OK ?

MinoThor, toujours serein malgré son petit épisode de rage dans le labo, continue de tenir le cap.

Nous voilà au rez-de-chaussée. La douleur devient insupportable. Je n'ai qu'une envie : m'allonger et dormir.

Encore une volée de marches. Je suis obligée de m'appuyer sur la rampe. Les derniers mètres sont un calvaire. Je titube, au bord de l'évanouissement.

– Allez, Lana, tu ne vas pas tomber dans les pommes au moment le plus intéressant ?

Je ne reconnais pas la voix qui s'adresse à moi. Les rares lumières m'éblouissent. J'aimerais regarder l'aube encore par la fenêtre.

Dans la salle de conférences, Jérémie est là. Son visage s'éclaire quand il m'aperçoit.

– Jérémie !

Je voudrais courir vers lui mais MinoThor ne l'entend pas de cette oreille. Il lève sa kalachnikov et la dirige vers mon copain. Un grand froid m'envahit.

– Et maintenant, tu vas nous dire où tu as planqué les disquettes. Sinon, je le tue.

21

Égarée, je regarde de tous les côtés.

M. Caton est toujours évanoui. M. Faraz et Marceline ont des bleus sur le visage. Seul Lyhus semble épargné mais, le connaissant, il n'a pas dû beaucoup se rebeller. C'est sûrement lui qui a lâché le morceau au sujet des disquettes.

Toujours pas de trace de Kylian.

C'est Jérémie qui a le plus souffert. Sa lèvre inférieure est fendue et il n'arrête pas de sucer la plaie pour arrêter le saignement. Ses longues dreads tombent devant ses yeux.

Il paraît ne voir que moi.

J'essaie de comprendre ce qu'il veut. Il ignore tout des disquettes. Si je dis la vérité, ils nous tueront sans hésitation. Il faut que je gagne du temps. En baratinant.

– Je ne sais pas ! Je ne les ai pas trouvées !

– Tu mens.

MinoThor ne s'énerve pas. Il abaisse le canon de son arme et dégaine un revolver. Il met Jérémie en joue.

Et il tire.

Le bruit de la détonation me heurte en pleine poitrine. Le son se répercute dans la salle. Une odeur de poudre m'envahit les narines.

La violence du geste me terrasse. J'ose à peine tourner les yeux vers Jérémie.

Dans la limite de mon champ de vision, j'entrevois une tache rouge qui s'élargit. Je regarde enfin dans sa direction. Il me fixe avec incompréhension. La balle l'a atteint à la jambe.

– Oups, je crois que j'ai touché ton copain. Le coup est parti tout seul.

– Non !

Jusque-là je ne croyais pas qu'ils nous tireraient dessus.

Je me précipite sur Jérémie qui pâlit mais Duke Nukem me saisit par le col.

– Qu'est-ce que vous avez fait ?

Duke Nukem me tire en arrière et me jette par terre. Du pied, il m'empêche de me relever. Les larmes m'aveuglent. Le visage de MinoThor apparaît au-dessus de moi, trouble.

– Calme-toi. Il ne mourra pas. En tout cas, pas tout de suite. Par contre, chaque seconde qui passe le condamne un peu plus.

– J'ai planqué les disquettes dans le débarras qui mène au souterrain.

D'un signe, MinoThor envoie Xena les chercher. Puis il ordonne à Duke Nukem de me libérer.

Je me précipite vers Jérémie. Il est très pâle et il transpire. Je détache les bandages de mes mains et les appuie contre sa blessure. J'ai vu ça dans les films, ça permet de ralentir le saignement.

– Je n'ai touché aucun organe vital. Et le calibre du flingue ne provoque pas autant de dégâts qu'un fusil d'assaut.

– Vous me le jurez ?

J'ai besoin d'être rassurée, même si la parole d'un néonazi ne vaut pas grand-chose à mes yeux.

– Je te le promets.

Je devrai me contenter de ses bonnes paroles pour le moment. Je pourrais paniquer mais tout mon être s'y refuse. Il faut sauver Jérémie et j'ai besoin de toute ma tête. Au lieu de m'effondrer, je me sens dure, minérale.

– Comment ça va ?

Jérémie a un pauvre sourire. Comme moi, il s'attendait sans doute à vivre des moments intenses, pas forcément ceux-là.

Je lui caresse la joue. Il ne saigne presque plus. Apparemment, MinoThor n'a pas menti. En cet instant, j'échange avec Jérémie un serment muet. Je vais le sortir de là.

J'interpelle le chef.

– Mais pourquoi vous avez tellement besoin de ces disquettes ? Vous allez tout faire sauter quoi qu'il arrive !

– Il vaut mieux assurer ses arrières, Lana. Tu crois peut-être que notre ambition s'arrête à ton lycée minable ? Nous voyons grand. D'autres actions suivront, plus spectaculaires encore.

– Les inscriptions en arabe, c'est pour dresser les gens les uns contre les autres ?

– Ça permettra de justifier nos propres actions plus tard. On ne déclenche pas les révolutions avec de belles paroles. Il faut des actes héroïques, exemplaires. Comme Breivik en Norvège. Mais il a commis une erreur : un attentat en son nom. Désormais tout le monde sait qu'il est responsable. Il a embarrassé son propre camp. Selon moi, il aurait dû détourner les soupçons vers ses adversaires.

Pour une fois, MinoThor est en verve. J'en profite pour relancer la conversation en faisant appel à mes souvenirs d'histoire de troisième.

– Comme Hitler avec l'incendie du Reichstag en 1933 ?

MinoThor s'éclaire.

– Je vois que les jeunes ont encore un peu de connaissances en histoire. Effectivement, aujourd'hui, plus personne ne sait si c'est un communiste ou la SA qui est responsable.

– Il me semble que les historiens penchent pour la responsabilité des nazis…

Je me tais parce que le regard de mon interlocuteur devient effrayant. Il ne veut pas dialoguer, juste exposer ses idées délirantes. J'ai du mal à croire que j'aie un être humain en face de moi. Pourtant, ce serait trop facile de le ranger dans la catégorie des monstres. Il devra être jugé pour ses crimes.

Sur ces entrefaites, Xena revient. Elle traîne avec elle un Kylian couvert de crasse et portant la boîte de disquettes. C'est à cet instant que je comprends ce qu'il s'est passé. Ils l'ont envoyé à ma recherche. Jérémie, avec sa grande taille et ses larges épaules de nageur, ne leur convenait pas et j'imagine qu'ils n'avaient pas confiance en Marceline.

Kylian revient, la crête en berne, le slim taille basse maculé de rouille et de terre. Il n'est pas fier. Sa bouche tremble.

– Les disquettes sont bien là.

Xena ne donne plus de signe de faiblesse. On n'obtiendra plus rien d'elle désormais.

MinoThor soulève le couvercle et examine les disquettes.

– Tout est là, confirme Xena. J'ai vérifié.

Satisfait, il referme la boîte.

– C'est un peu notre manifeste. Pour l'instant, nous le gardons pour nous.

Le talkie de Xena crachote.

– Oui ?

Je ne comprends pas la réponse. Toutefois, elle a l'air satisfaite. Elle s'adresse maintenant à son chef.

– Tout est prêt.

– Bien, allons-y.

On dirait qu'ils ont prévu de nous déplacer. Il ne faut pas. J'ai précisé à Bernard qu'on était dans la salle de conférences. Il va baser l'intervention du RAID sur des informations erronées.

– Debout !

– Il faudrait détacher mon copain pour qu'il puisse s'appuyer sur moi. Blessé comme il est, il ne va pas s'enfuir.

J'ai parlé à tout hasard, persuadée d'essuyer une réponse négative. Pourtant, MinoThor accepte et Jérémie est libéré de ses menottes plastiques. Il passe un bras sur mes épaules.

Je me ressource à ce simple toucher.

Après quelques pas, c'est pratiquement lui qui me soutient. Mes plaies me font toujours souffrir. On monte les escaliers tant bien que mal.

Jérémie est presque cassé en deux. Nos joues s'effleurent. Je crois que je n'ai jamais été dans une situation aussi désespérée et sensuelle. Je le désire maintenant, malgré ses blessures, malgré les miennes, profondément, douloureusement. Nous sortirons ensemble de cette aventure éprouvante, j'en suis persuadée à présent.

– Je t'aime.

Il vient de murmurer à mon oreille. C'est la première fois qu'il me le dit. Je n'ai plus droit à l'erreur. J'apostrophe MinoThor. Comme tous les grands manipulateurs, il doit avoir envie d'exposer ses combines. Il les rumine depuis si longtemps, il en est sûrement très fier.

– Pourquoi vous avez attaqué le lycée un week-end ? Ce n'était pas mieux pour vous de le faire sauter avec des élèves à l'intérieur ?

Le terroriste se prête au jeu.

– Bien sûr que si. Mais il nous fallait une journée entière pour récupérer les disquettes et installer les explosifs. Si on n'était pas tombés sur vous, on aurait laissé tout le monde entrer lundi matin et, vers neuf heures, boum ! Le lycée s'écroulait comme un château de cartes. Des mois ont été nécessaires pour qu'on se procure le plan de l'établissement et pour calculer à quel endroit déposer les charges afin d'obtenir un effet maximal.

Il soupire.

– Sans vous, ce premier lundi de mars aurait vu la disparition de près de mille cinq cents élèves d'un coup. Ç'aurait eu de la gueule, non ?

Ce type me rend malade. Mais je dois continuer à le faire parler.

– Pourquoi vouloir à tout prix récupérer les disquettes ? Elles auraient disparu dans l'explosion...

Xena semble d'accord avec moi.

– Je t'avais dit que c'était inutile.

MinoThor la fusille du regard et elle baisse les yeux.

– Je ne voulais pas prendre de risques. On ne doit pas laisser de preuves derrière nous. Et si on avait pu les récupérer avant qu'ils murent le souterrain, on n'aurait plus eu à s'en occuper.

Mon hypothèse était donc bonne. Les gars de Salvus ont été pris de court quand le cadavre de Gilbert a été découvert. Ils n'ont pas eu le temps d'évacuer leur quartier général quinze ans auparavant. C'est pourquoi tout est resté en place. Les preuves ne risquaient pas d'être découvertes.

Maintenant qu'ils ont décidé de faire sauter leur ancien lycée, ils veulent s'assurer que rien ne les reliera à cet attentat.

On arrive devant la salle où sont installés les écrans de surveillance. Des dizaines de câbles électriques se rejoignent près d'une télécommande jaune avec une longue antenne qui doit servir à la mise à feu. Un autre appareil est relié aux câbles, comportant des boutons et des inscriptions du genre « BATT OK », « ARMING » ou « CIRCUIT ». Ça fait froid dans le dos.

Conan est déjà là, qui surveille les moniteurs. Dans la rue, rien ne semble bouger. MinoThor vient aux nouvelles.

– Alors ?

– Il y a plusieurs tireurs d'élite sur les toits. Le RAID se met en position.

– Tu as rebranché le téléphone ?

– Oui. Ils ont déjà appelé deux fois.

Le chef hoche la tête. Duke Nukem nous rejoint. Il porte M. Caton sur ses épaules.

MinoThor décroche le combiné et lance le dernier numéro entrant.

– Allô, le RAID ? Ici, le lycée Gustave-Caillebotte…

22

Pourvu que le négociateur dissimule le fait qu'il m'a parlé plus tôt. Sinon, MinoThor comprendra que j'ai menti.

– Nous aurions besoin d'eau et de nourriture pour les otages.

Je n'entends pas la réponse du négociateur. Soudain MinoThor me tend le combiné. Surprise, je m'en empare. Il crache :

– Ils veulent s'assurer que les otages sont encore vivants. Si tu donnes la moindre information, tu es morte.

Je hoche la tête.

– Allô ?

– Je vous écoute. Faites ce que vous demandent vos ravisseurs. Ne vous mettez pas en danger.

Je reconnais la voix de Bernard qui feint de ne m'avoir jamais parlé. Pendant un moment j'ai eu peur qu'il m'ait réclamée nommément.

– Nous sommes sept otages, quatre adultes et trois élèves. L'un d'eux est blessé, il faudrait l'évacuer rapidement…

MinoThor me reprend le téléphone.

– Vous avez entendu ? Nous sommes d'accord pour libérer le blessé mais pas tout de suite. Préparez d'abord la bouffe. Dernière chose, nous avons tout plastiqué. Si vous donnez l'assaut, nous faisons sauter l'établissement.

MinoThor raccroche. Il sourit.

– Ça va les retarder un moment. Steeve, est-ce que la voie est libre ?

– Presque. Encore quelques coups de masse.

– Bien. Florian, on en est où des branchements ?

– Les deux tiers sont installés. On fait au plus vite !

D'un regard, le chef le contraint au silence. Je me demande si les gars de Salvus n'essayent pas de me convaincre que leurs préparatifs touchent à leur fin.

Si je comprends bien le plan de MinoThor, il s'agit simplement de ralentir les négociations pour avoir le temps d'installer tous leurs explosifs. Il se fiche de petit-déjeuner au lycée. Ils ont dû prévoir un plan B pour leur fuite. Je suis sûre qu'il s'agit du sous-sol.

Finalement, c'est une chance que nous ayons été là. Sans nous, l'établissement aurait explosé lundi matin avec plus d'un millier d'élèves en son sein.

Je soupire et observe mes compagnons de captivité. Tous sont épuisés ou blessés.

M. Caton n'a pas repris connaissance. Je m'approche de lui.

– Qu'est-ce que tu fous ? meugle MinoThor.

– Je vérifie que le proviseur est toujours en vie. Je viens de dire à la police qu'il n'y avait qu'un blessé et je ne veux pas lui avoir menti.

Grâce à mon aplomb, on me passe beaucoup de choses. Les ravisseurs n'insistent pas et je peux tâter le pouls de M. Caton. Son cœur bat. Par contre, son visage est couvert d'ecchymoses.

Rassurée, je m'adosse au mur, couvant Jérémie du regard.

– Marion, tu restes là et tu surveilles les écrans. S'il y a le moindre mouvement, tu nous préviens. D'accord ?

Sur ces paroles MinoThor, suivi de Duke Nukem, sort de la salle. Xena nous met en joue.

– Installez-vous contre le mur du fond. À genoux et les mains sur la tête.

– Ça va être dur pour ceux qui sont attachés...

– Ta gueule, bougnoule !

Je vois qu'elle connaît plein de mots fleuris pour insulter ses semblables. Je ne suis pas en mesure de protester mais mon mépris dépasse maintenant la peur qu'elle m'inspire.

On migre tant bien que mal dans le coin qu'elle nous a indiqué. Je traîne le proviseur afin de le placer à côté de nous. Ensuite, je m'agenouille et je pose mes mains sur mon crâne. Jérémie nous rejoint à cloche-pied.

Rapidement, Xena se désintéresse de nous. Elle a les yeux rivés sur les moniteurs. Ses traits se décomposent. Ses mains tremblent quand elle attrape son talkie.

– Louis !

Je tente de regarder ce qu'il y a sur les écrans sans rien apercevoir d'intéressant. Il fait jour désormais mais les rues sont barrées et demeurent vides. Impossible de savoir ce qui stresse la guerrière à ce point.

– *Qu'est-ce qu'il y a ?*

Comme nous sommes tout près, j'entends la voix irritée de MinoThor.

– J'ai l'impression que le RAID se prépare à donner l'assaut.

– *Tu as l'impression ou tu es sûre ?*

– J'ai vu plusieurs hommes se déplacer.

– *Et ils avaient de la nourriture ?*

– Non ! Je te dis qu'ils attaquent !

Un silence. Le chef réfléchit. Sa décision est prise rapidement.

– *Bon, on continue le boulot. Tu nous tiens au courant. Tiens-toi prête à appuyer sur la télécommande si je te l'ordonne.*

– Mais on n'est pas opérationnels !

– *On va tenir le temps de terminer. Ils sont obligés de négocier, nous détenons des otages, alors ne panique pas.*

– D'accord, Louis.

Elle se détourne et demande plus doucement :

– Après, on partira ensemble, hein ?

Je ne perçois pas la réponse de MinoThor mais cela me suffit pour comprendre que Xena est amoureuse de son leader charismatique. Elle les a suivis dans l'espoir d'être digne de lui. J'imagine déjà les avocats plaidant l'histoire romantique et l'égarement de la prévenue. Ils tenteront de passer sous silence le racisme viscéral qui l'anime. Je suis dégoûtée et attristée. J'ai du mal à croire qu'on puisse aimer quand on est rempli de haine.

Des ombres se découpent sur les moniteurs. Le RAID se met en position. J'espère qu'ils ont demandé une ambulance pour prendre Jérémie en charge.

Il ne se plaint pas. Je le vois serrer les dents et j'en souffre pour lui.

Xena se rapproche des écrans. Elle ne nous prête plus aucune attention. Pendant ce temps, j'examine le dispositif de mise à feu. La télécommande est prête. Les fils sont simplement dénudés et enroulés les uns aux autres. Il ne devrait pas être trop difficile de les arracher. Mais auparavant, il faudrait mettre Xena hors d'état de nuire. Et elle est nettement plus forte que moi.

Personne ne peut m'aider. Jérémie est détaché mais blessé, les autres sont menottés. Ah, non, il semble que les types aient oublié de remettre ses liens à Kylian. J'essaie de croiser son regard, il conserve les yeux obstinément fixés sur le sol.

Je le scrute jusqu'à ce qu'il se sente observé. Il finit par s'en rendre compte. M'assurant que Xena est toujours captivée par les écrans, je fais signe à mon meilleur ennemi.

Du menton, je désigne les câbles. Puis Xena. Pour orienter les caméras, elle est obligée de laisser son arme en bandoulière tandis qu'elle serre son talkie dans la main gauche.

Kylian n'a pas l'air de comprendre où je veux en venir. L'imbécile ! Il ne me sert vraiment à rien.

Soudain, un crachotement monte dans la pièce.

– Louis, c'est toi ?

Pas de réponse. Le silence est effrayant. J'en viens à espérer que le RAID ne soit pas passé à l'attaque. Un équilibre s'est instauré avec les néonazis et j'ai peur que l'assaut ne le fasse voler en éclats.

– Louis ? Louis ?

La voix de Xena est de plus en plus affolée. C'est le moment d'agir. Sinon, elle est capable de tirer sur nous. D'un mouvement de tête, j'indique à Kylian que je vais intervenir. Il a un signe de dénégation. Tant pis.

Je me lève avec difficulté, m'empare de la télécommande jaune et m'approche dans son dos.

– Louis ?

Elle répète le prénom en boucle. Dans les couloirs des détonations retentissent. Surprise, je sursaute. Lyhus pousse un cri de frayeur.

Xena se retourne à moitié et m'aperçoit. Par réflexe, je lui lance la télécommande à la figure. Elle a dû pratiquer les arts martiaux parce qu'elle esquive et que, dans le même mouvement, son pied m'arrive directement dans le ventre. Le souffle coupé, je me plie en deux.

Elle va tirer, c'est sûr ! Je pense à Jérémie et je cherche à me placer devant lui. Il tente de se redresser sans y parvenir. Soudain, une ombre se déplace.

Xena s'écroule.

Kylian a récupéré la télécommande et l'a frappée avec à l'arrière du crâne.

23

Une seconde d'hébétude passe.

Je ne pensais pas que Kylian pouvait agir en héros. Lui non plus d'ailleurs. Ses mains tremblent affreusement et il répète en boucle :

– Putain... Putain... Putain...

Je me lève, tenant mon ventre endolori.

– Il faut qu'on l'attache !

Je bouscule Kylian qui reste les bras ballants. Mon regard erre dans la pièce à la recherche d'un lien. Les câbles ? Non, trop épais. Puis j'aperçois la lanière de son arme.

Je détache les mousquetons et m'empare de la sangle.

– Quelqu'un sait faire des nœuds solides ?

– Moi, je sais.

C'est M. Faraz qui vient de parler.

– J'ai appris à l'armée.

Je fouille Xena en espérant qu'elle ne va pas se réveiller. Je me saisis du couteau qu'elle porte à la ceinture et je rejoins l'homme de ménage. Je le détache, délivrant également au passage Marceline et Lyhus. Ce dernier me lance un regard chargé de crainte qui me met mal à l'aise.

M. Faraz s'approche de la femme assommée et la ligote fermement. Jérémie s'adosse au mur. Son pansement est gorgé de sang.

– Ça va aller ?

– Je tiendrai.

J'observe les écrans qui ne diffusent plus que de la neige. On a coupé tout le réseau de caméras. Des coups de feu retentissent. Les affrontements font rage entre les néonazis et le RAID.

Je fonce à la porte pour vérifier qu'elle est bien fermée. Je n'ai aucune envie que les gars de Salvus débarquent. D'autorité, je m'approche du bureau et je commence à le pousser contre la porte. Marceline me vient en aide aussitôt.

– Qu'est-ce qui vous prend ?

Kylian s'est emparé du fusil-mitrailleur de Xena. M. Faraz l'oblige à baisser le canon vers le sol.

– Posez ça !

– Pourquoi ? Il faudra bien qu'on se défende s'ils reviennent !

Son visage est fiévreux. Il est en train de craquer.

– Tu penses vraiment que tu as la moindre chance contre des gars entraînés ? Désarmé, tu es un otage. Armé, tu deviens une menace. Ils t'abattront. Sans parler de ce que pensera le RAID en te voyant avec une arme en main. Les mecs risquent de te tirer comme un lapin en te prenant pour un terroriste.

– Mademoiselle Blum a raison.

Kylian finit par lâcher l'arme. Je respire mieux. Il ne manquait plus que l'un d'entre nous joue les héros.

Si je résume, le RAID est dans la place. On est barricadés dans une pièce sans fenêtres et Xena est neutralisée. Il n'y a plus qu'à attendre qu'on nous délivre.

Non, il reste encore les explosifs. Je me penche sur le système de mise à feu. Lyhus, qui s'occupait du proviseur, intervient aussitôt.

– Tu ne devrais pas y toucher. C'est beaucoup trop dangereux.

Son éternel air timoré m'énerve.

– Étant donné qu'on s'est servis de la télécommande comme d'un gourdin, je ne pense pas que le système soit enclenché. Je débranche tout.

– C'est trop risqué !

Je me penche sur la ribambelle de fils emmêlés.

– C'est une mauvaise idée.

J'en ai assez d'entendre Lyhus geindre. J'arrache les câbles d'un coup sec après avoir vérifié qu'aucun voyant n'était allumé sur le boîtier de contrôle.

Tout le monde se fige. On n'entend rien, à part les tirs, toujours plus proches. Je suis soulagée d'avoir eu raison, je l'avoue.

Je m'assois par terre, histoire d'éviter une balle perdue. Je me tourne vers Jérémie qui serre les dents.

– Ça va aller, j'ai dit au RAID que tu étais blessé. Ils ne vont pas tarder.

– J'espère bien.

Je me mords les lèvres. Il a été touché à cause de moi.

– Je suis désolée !

– Je n'aurais pas agi différemment à ta place. Et puis, servir de cible pour te défendre, ça fera un super effet dans mon CV de petit copain.

– Parce que tu comptes démarcher des clientes ?

– Maintenant, je peux même me lancer en bourse…

On sourit bêtement. Je l'embrasse. Il ne m'accablera pas mais je m'en veux.

– Qu'est-ce qu'ils foutent ?

Kylian ne tient pas en place. Il tourne comme un lion en cage.

– Abrite-toi, imbécile, tu vas prendre une balle.

À ma grande surprise, il m'écoute et obtempère. Il s'adosse à la paroi à côté de moi.

– Je ne comprends pas comment tu arrives à rester calme.

– Calme ? Je suis morte de trouille, comme toi !

– Eh bien, tu n'en as pas l'air. J'ai l'impression que tu maîtrises la situation. Tu as échappé à ces gars, tu leur as tenu tête, tu as attaqué notre garde.

– Fais gaffe, ça pourrait presque être un compliment. Et puis, c'est toi qui as assommé Xena.

– Xena ?

– C'est le surnom que j'ai donné à la femme.

Il lui jette un coup d'œil.

– C'est vrai qu'elle lui ressemble…

– Ne me dis pas que tu as regardé cette série !

– J'étais petit.

Jérémie intervient.

– Vous me prévenez si je vous dérange, tous les deux.

J'assure les présentations officielles.

– Jérémie, Kylian.

– Ah, c'est toi le petit copain ?

– Et c'est toi l'emmerdeur ?

Jérémie a parlé si tranquillement que Kylian ne se formalise pas.

– C'est moi.

Une question me tourmente.

– Ils t'ont bien demandé d'aller chercher les disquettes à ma place ?

– Oui. Mais je me suis arrêté dans le gazomètre.

Je lui explique rapidement l'histoire de l'ancienne usine à gaz, le chantage des types de Salvus, leurs projets assassins. Jérémie n'en perd pas une miette, les autres non plus. On en oublierait presque que des gens se tirent dessus autour de nous.

Dès la fin de mon récit, Kylian recommence à s'agiter. Il s'apprête à se lever, je lui attrape le bras.

– Attention, il y a toujours des combats pas loin.

– J'ai besoin de marcher. Et puis, ils ne sont pas si près que ça...

Comme un fait exprès, une balle troue le mur à côté de la porte et vient se loger dans un écran, nous éclaboussant de plâtre.

24

Kylian retombe sur les fesses, abasourdi. Moi aussi. Je n'avais pas entendu les coups de feu se rapprocher. Quelqu'un tente d'ouvrir la porte !

Le bureau glisse en grinçant sur le sol. J'ose à peine imaginer qui se trouve derrière le battant. Vaan ? Conan ? Duke Nukem ? MinoThor ? Je ne sais pas qui sera le pire.

En tout cas, notre assaillant est motivé. Il va bientôt faire valser le meuble.

On se recroqueville contre le mur, apeurés. Je me jette sur Jérémie pour le protéger. Il n'est pas d'accord alors on lutte un peu. Mais sa blessure a drainé son énergie et je l'emporte facilement.

Au moins, si on meurt, ce sera ensemble. Rapidement, je pense à ma mère et à mon père. J'ai atteint mes limites. Il n'y a plus qu'à attendre désormais.

Les coups de boutoir s'accélèrent. Le bureau est projeté à quelques dizaines de centimètres. Un homme en noir apparaît, le visage occulté par la visière de son casque, il porte un bélier et s'efface pour laisser passer un coéquipier. Ce dernier nous met en joue avec un revolver en balayant la pièce du regard.

– Police, déclare-t-il.

Il me faut un moment avant d'enregistrer l'information. Mon cerveau fonctionne au ralenti. Police ? Ce sont les hommes du RAID alors ?

Voyant que nous restons sans réaction, le gars nous interpelle.

– Allongez-vous au sol ! Les mains sur la tête !

Stupéfaits d'être traités de nouveau comme des otages, on se couche malgré tout. Il nous palpe chacun notre tour, sans doute à la recherche d'armes. J'ai envie de lui dire qu'il se trompe de cible.

Le deuxième flic a lâché son bélier et nous rejoint dans la pièce.

– Tout le monde va bien ?

Je voudrais lui répondre mais ma langue est pâteuse et je suis incapable d'articuler un mot. À ma grande surprise, Lyhus leur demande :

– Où sont les types de Salvus ?

– On les a maîtrisés.

Je frissonne parce que je devine que les terroristes ne s'en sont pas sortis indemnes.

– On a deux blessés.

Je montre Jérémie.

– Il a pris une balle à bout portant.

– L'équipe médicale attend à l'extérieur que le périmètre soit sécurisé.

Je désigne maintenant le proviseur qui n'a toujours pas repris connaissance.

– Lui aussi, il a été frappé à la tête.

– Combien de membres avez-vous comptés dans le groupe ?

J'ai un mouvement du menton en direction de Xena.

– Avec celle-là, ils sont cinq.

– Vous en êtes certains ?

Tout le monde acquiesce. Il s'approche de la femme et s'assure qu'elle est bien attachée. Il lui passe des menottes malgré tout et s'empare de son arme. Puis il inspecte le système de mise à feu.

– J'ai arraché les fils.

Ça n'a pas l'air de lui faire plaisir, même si je ne vois pas son visage.

– On va vous évacuer dès que le périmètre sera sécurisé. Ensuite, les démineurs prendront le relais.

On est coincés dans cet établissement depuis si longtemps que j'ai peine à croire qu'on soit enfin libres. Le policier qui nous a sauvés est immense, athlétique, cagoulé, il sent la sueur mais je serais prête à me jeter dans ses bras tant je suis soulagée.

En même temps, j'ai peur qu'un contretemps nous empêche de sortir à tout moment.

– Vous avez vraiment eu les types de Salvus ?

– C'est notre travail.

Et grand prince avec ça ! Celui qui monte la garde adresse un signe à son binôme.

– C'est le moment d'y aller.

Deux autres types cagoulés arrivent et s'emparent de M. Caton dont la tête dodeline quand ils le prennent par les aisselles pour l'installer sur un brancard. Il a salement dégusté. Un troisième gars avec un brassard arborant une croix rouge les assiste. Moi, je soutiens Jérémie.

On sort de la salle, tandis que d'autres hommes s'occupent de Xena qui ne prononce pas un mot.

Dans le couloir, une scène d'apocalypse nous attend. Il y a de nombreux impacts de balles sur les murs. Je repère çà et là des traces de sang.

Un corps est étendu sur le sol. Il n'est pas encore recouvert d'une couverture. On dirait Vaan mais un fouillis de cheveux blonds masque son visage.

On marche en groupe, assez rapidement malgré mes plaies aux pieds. Des cordes noires pendent derrière les fenêtres. J'imagine que des gars sont descendus en rappel pour surprendre les terroristes.

Jérémie me murmure à l'oreille :

– Je crois qu'on a raté le concert... Il va falloir trouver une autre date.

– On a encore un bout de dimanche ensemble.

– De toute façon, je ne te quitte plus.

– C'est une promesse ?

Il sourit, plus lumineux que le jour. Je pourrais passer ma vie avec lui.

Soudain, le proviseur relève la tête. Il bafouille quelques mots. Je tends l'oreille.

– Lyhus... élève...

Il répète.

– Lyhus... ancien élève...

Mon sang ne fait qu'un tour. Je me tourne vers le prof d'EPS. Il n'est plus là ! Il nous a faussé compagnie.

– Jérémie, tu as vu Lyhus ?

– Qui ça ?

– Le type à la tête de fouine.

– Il est resté en arrière.

J'alerte le policier le plus proche.

– Il nous manque quelqu'un. Monsieur Lyhus, le professeur de sport.

– Comment ça ?

– Il s'est éclipsé, je crois.

Le gars du commando relève sa visière. Il arbore un visage glabre, nerveux, épuisé et tendu.

J'ajoute :

– À mon avis, il appartient au groupe de terroristes.

Je comprends maintenant pourquoi M. Caton a été assommé : pour qu'il ne révèle pas que Lyhus appartient au groupe de néonazis !

– Monsieur le proviseur, est-ce que le prénom de Lyhus est Jean-Pierre ?

– Hein ? Euh... Oui...

Ce prénom figurait sur le manifeste des néonazis ! Gilbert ayant été tué, il ne manquait que Jean-Pierre que je n'avais pas identifié. Ainsi, il est leur complice !

Je suis vexée d'avoir été dupée. Pourquoi s'est-il enfui ? Et s'il avait un plan B ?

Un grand froid m'envahit. Je regarde Jérémie. Il a suivi toute la conversation. Il me fait non de la tête. Cette fois, je ne l'écouterai pas.

Je pose une main sur l'avant-bras du policier qui se tourne vers moi, surpris.

– Je sais où il est.

Et, avant que le flic ait le temps de réagir, je me mets à courir vers l'escalier.

25

Je serais bien en peine d'expliquer ce qui me prend. J'ai envie de tout sauf de me jeter dans la gueule du loup. Mais l'idée que ce traître de Lyhus puisse s'en tirer me rend malade.

Je suis tellement boostée par l'adrénaline que je ressens à peine la douleur dans la plante des pieds. J'ai l'impression que je n'ai jamais couru aussi vite.

Derrière moi, des cris montent. Je n'y prends pas garde. Les policiers finiront par m'emboîter le pas.

Le plan du prof m'apparaît dans toute sa simplicité. Infiltrer les otages en jouant les victimes avec son air de rat souffreteux. J'aurais dû me méfier de lui. Il a été envoyé pour me tirer les vers du nez.

Je comprends mieux ses questions insistantes dans la salle d'arts plastiques. La facilité avec laquelle il s'est laissé capturer. Et l'absence de coups. J'ai été stupide de ne pas comprendre plus tôt !

Je descends les marches quatre à quatre, la plante des pieds de nouveau douloureuse.

La fatigue me bétonne les cuisses. Je me rattrape à la rampe à plusieurs reprises pour ne pas tomber.

Si le dénommé Jean-Pierre veut filer, ce sera par les souterrains. Il est assez fluet pour se glisser par le trou du mur.

Dans mon dos, j'entends les pas lourds d'un policier. J'ai l'impression qu'ils n'en ont envoyé qu'un seul. Bizarre. Peut-être qu'ils ne m'ont pas crue.

Je m'approche du placard. La corde d'escalade se tend à intervalles réguliers. Sans hésiter, je m'élance. L'atmosphère puante et polluée du souterrain me prend à la gorge.

Je suis folle d'y retourner de mon plein gré.

Je me retrouve à califourchon sur l'énorme tuyau. Des filaments de laine isolante me balayent le visage. Je n'y vois rien. Mais ma mémoire m'aide à me repérer.

Devant moi, tremble la lueur d'une lampe torche. Je m'efforce de ne pas faire de bruit. Lyhus doit ignorer que je suis à sa poursuite. Les odeurs de métal rouillé me remontent aux narines.

Je ne crains pas vraiment Lyhus qui doit peser soixante kilos tout mouillé.

Je me glisse jusqu'au bout de la canalisation. Là, il faut descendre, j'attrape la corde à pleines mains. Mes paumes m'élancent. Pas le temps de se lamenter. Je me laisse glisser.

J'ai envie de crier et de lâcher. Mais ma rage est la plus forte. Lyhus ne l'emportera pas au paradis.

Après des minutes d'efforts désespérés, je parviens enfin à bonne distance du sol. Mes bras tremblent.

Incapable de tenir plus longtemps, je lâche tout.

Je roule sans élégance dans le gazomètre. Ma cheville se tord et je pousse un cri de douleur. Une blessure à ajouter aux autres. Je vais finir cette aventure dans un état lamentable.

Soudain un corps atterrit à côté de moi et une poigne de fer serre mon épaule.

– On est où ?

Je reconnais la voix du policier qui nous a libérés. Il reste calme mais je sens bien qu'il est un peu déboussolé.

– Pas le temps de vous expliquer. Le complice des terroristes est descendu ici. Je pense qu'il y a une issue quelque part.

Il s'adresse à une oreillette que j'aperçois à peine dans l'obscurité :

– Écho de Bravo 1. J'ai rattrapé l'otage. Je demande du renfort. Nous poursuivons un individu qui semble avoir trouvé un chemin dans les carrières du treizième arrondissement.

Il a réagi au quart de tour. J'imagine qu'ils ont déjà étudié le scénario de la fuite par le sous-sol.

Puis il se tourne vers moi.

– Vous devez être Lana Blum.

Je reste stupéfaite.

– Notre négociateur nous a parlé de vous. Il a précisé que vous aviez un sacré tempérament.

Je ne peux pas m'empêcher de sourire sous le compliment.

– Mais maintenant, je vais vous remonter. L'équipe doit terminer sa mission.

À cet instant, un rayon rouge traverse les ténèbres comme un fil. Un point écarlate apparaît sur le casque de mon sauveur. J'ai juste le temps de l'avertir.

– Attention !

Il a des réflexes impressionnants. D'un même mouvement, il se baisse, me saisit à la taille et s'enroule autour de moi pour me faire rempart de son corps. Une balle siffle et projette des éclats de métal en tous sens. Des étincelles éclatent. Des petits gravats pleuvent sur le sol.

Malgré la peur qui me noue le ventre, j'ai encore le temps de penser.

Quand je suis sortie chercher M. Caton, il a été pris dans la ligne de mire d'un sniper. Je croyais qu'il s'agissait d'un des gars de Salvus mais je me rends compte que c'était impossible. Ils se trouvaient au sous-sol ou au rez-de-chaussée. Aucun d'eux ne nous surplombait.

Il ne pouvait s'agir que de Lyhus.

Je repense au médicament qu'il a pris contre l'hypertension. Quel était son nom, déjà ? Oui, le Propranolol.

J'ai murmuré ce mot.

Le policier tique.

– Comment ?

– Lyhus en a pris devant moi. C'est quoi ?

– Un bêtabloquant. Certains tireurs d'élite l'utilisent pour ralentir le rythme cardiaque et réduire les tremblements.

Moi qui pensais courir après un type inoffensif, il se révèle une gâchette de précision.

On roule sur le côté pour s'éloigner de l'ouverture du gazomètre. Le policier fouille dans le matériel qu'il porte dans sa veste.

D'une main puissante, il me plaque à terre. Puis il se relève et sort de mon champ de vision, son arme au poing.

Brusquement, je suis seule. Le froid me saisit. C'est à peine si je perçois l'ouverture taillée dans les multiples couches d'acier.

Je tends l'oreille. Des bruits de pas. Les deux adversaires s'épient. Lyhus n'a pas l'air de vouloir s'enfuir. Il cherche à nous tuer.

Sa visée laser est éteinte. De temps à autre, un point écarlate éclate sur le mur avant de disparaître. Ce qui m'inquiète, c'est que je ne sais plus où se trouve le policier. Il ne semble pas équipé d'une visée laser, lui.

J'entends deux respirations, en plus de la mienne. Ils se tournent autour comme deux combattants dans une arène. J'aurais préféré que mon sauveur reste à côté de moi. Si jamais Lyhus s'approche, je risque le pire.

Engourdie par la fatigue et la peur, je me rapetisse dans mon coin.

Des bruits de pas sourds montent. Que font-ils ? Je songe à des cow-boys en train de se jauger avant un duel. Les sons courent sur les parois arrondies et je perds la notion de l'espace. Je voudrais rentrer dans le mur, y disparaître.

Une présence toute proche, très proche, même. J'espère que Lyhus n'a pas des lunettes infrarouges. Des semelles passent à côté de moi, m'écrasant presque la main. Je cesse de respirer.

Soudain le tonnerre éclate dans le gazomètre. Une langue de feu d'un jaune éblouissant. Une autre lui répond. Je ne peux pas m'empêcher de crier. Les balles sifflent et ripent sur l'acier.

Pendant une seconde, dans une lumière stroboscopique, j'aperçois les deux hommes, leurs armes levées. La silhouette menue de Lyhus apparaît encore dans un échange de tirs. Puis le policier cesse de répliquer.

Peut-être est-il blessé, gisant là, dans le noir. Pourvu qu'il ne me voie pas.

J'essaie de repérer la corde pour me hisser vers le cylindre, mais je me sais incapable de grimper à la force des bras. Mes jambes ne me porteront même pas jusque-là.

Je suis bloquée.

Je voudrais penser aux autres pourtant je ne songe qu'à moi, aux balles qui vont bientôt jaillir des ténèbres. Je me dis que j'ai seize ans et que je ne veux pas mourir.

Encore un bruit juste à côté de moi. Tout mon corps se tend. Je retiens ma respiration. Mon visage est baigné de sueur froide.

Un faisceau rouge balaye mes yeux. Lyhus. Mes derniers espoirs s'envolent. Je ferme les paupières comme si quelques millimètres carrés d'épiderme pouvaient me protéger d'une balle à bout portant.

Et puis un coup. Le projectile dans ma poitrine ? J'ai l'impression de l'avoir reçu. Mais non !

On lutte à quelques pas de moi. Cela ne dure pas longtemps. Les bras sifflent en se mouvant à grande vitesse.

Un corps tombe.

– Ici, Bravo 1. L'individu est maîtrisé.

Incrédule, je me remets à respirer.

La suite se déroule dans un brouillard irréel. Des projecteurs éclairent le fond du réservoir. Des policiers descendent en rappel comme des araignées noires suspendues à leur fil.

On m'attrape et on me jette une couverture de survie sur le dos. Je suis hissée je ne sais comment vers le sous-sol du lycée.

On me porte à moitié. J'avance comme un zombie. On emmène un Lyhus menotté. Il a de nouveau l'air d'un rat malade. Le policier l'a finalement immobilisé à mains nues.

Rapidement, on est dehors. Il y a foule. La rumeur du monde m'arrive en même temps que le vent sur mon visage.

Des flics partout. Des journalistes. Des flashs. Des gyrophares.

Je tente d'identifier un visage familier. Il y a Jérémie là-bas qu'on fait monter dans une ambulance avec un goutte-à-goutte planté dans le bras. Il a l'air paisible, mais avec lui on ne sait jamais.

Je m'avance pour le rejoindre. Je lui prends la main. Il serre la mienne en retour, comme une promesse que tout ira bien désormais.

Les autres otages sont là. Kylian redresse sa crête devant les caméras. Marceline décline son identité à un agent. Bêtement, je note que son nom de famille est Ratsifandrihamanana. On pose des compresses sur le crâne du proviseur. M. Faraz m'adresse un petit signe.

Et puis, ils s'écartent comme un rideau de théâtre. Au loin, je reconnais le crâne presque chauve du lieutenant Nogar. C'est lui qui a dû prévenir le RAID.

Enfin, je vois ma mère. Toujours tirée à quatre épingles. Mais je la sens au bord de l'effondrement.

Elle n'est pas seule.

À ses côtés, il y a un homme. Taille moyenne, peau mate, le cheveu brun dégarni, de grands yeux noirs dont j'ai hérité. Mon père est venu !

Pour le coup, c'est moi qui me mets à pleurer.

26

On est à la maison. Dans l'appartement de Villejuif. Résidence des Sycomores.

Le ravalement n'est pas terminé et des bâches obscurcissent toujours les fenêtres mais j'ai le sentiment qu'elles me protègent.

Nous prenons le petit-déjeuner en silence. Nous sommes lundi pourtant personne ne va travailler. Mon père a pris sa journée.

On ressemble presque à une famille de publicité. Je ne me fais pas d'illusions bien sûr. Mon père a dormi dans la chambre d'amis, il repartira bientôt vers sa nouvelle vie et me laissera sans nouvelles. Ma mère, qui me sourit tout le temps, s'énervera pour des broutilles.

En attendant, on est réunis. Jérémie devrait être à l'hôpital mais Nogar s'est débrouillé pour qu'il nous rejoigne.

Ses parents sont arrivés de Budapest par le premier avion quand ils ont appris la prise d'otages.

Je les rencontre pour la première fois. Ils sont tout timides. Le père est aussi grand que son fils mais c'est un nerveux. Le côté cool, il l'a reçu de sa mère.

Je me suis assoupie dans les bras de Jérémie. Vu son état et le mien, il ne s'est rien passé. De toute façon, on a le temps maintenant.

On est restés presque vingt-quatre heures à Gustave-Caillebotte. Grâce aux informations diffusées à la radio, j'achève de mettre en place les pièces du puzzle.

Les hommes du RAID suivaient depuis longtemps ce groupe armé. Ils les soupçonnaient de préparer un attentat et venaient de découvrir des vols d'explosifs sur des chantiers et des achats d'armes.

Néanmoins, ils ont été pris de court par l'attaque de l'établissement. Ce plan leur avait échappé. Le coup de fil que j'ai passé au négociateur a été déterminant pour qu'ils identifient les terroristes.

C'est aussi ce qui les a convaincus de lancer l'assaut rapidement car ils connaissaient leurs idées jusqu'au-boutistes et ils les savaient prêts à exécuter les otages. Ils ont creusé un trou et glissé une mini-caméra dans la pièce des écrans pour les espionner. Ils ont vu Kylian assommer Xena au moment de l'attaque.

Cette dernière s'est déroulée très vite. Deux terroristes ont été mis hors d'état de nuire par des tireurs de précision. Un autre, sans doute Vaan, a eu le temps de se suicider. Le dernier a quand même cherché à se battre.

Lyhus a été maîtrisé à mains nues.

Après ma prise en charge par les psychologues dans la zone de recueil, j'ai été longuement débriefée sur ce que je savais.

Déjà, on commence à parler du « scandale du soufre » stocké sous le lycée. Des mises en examen devraient tomber sous peu.

Étrangement, bien que je sois couverte de pansements et que le moindre mouvement soit douloureux, je me sens plutôt bien puisque MinoThor a été vaincu et que j'ai pu rentrer chez moi tout comme les autres otages.

J'évite de lire certains articles où on rapporte mon comportement héroïque. Je préfère laisser tout cela derrière moi, même si ce ne sera sans doute pas facile. J'ai l'impression que des cauchemars sont aux aguets et prêts à me sauter dessus à la première occasion.

Pour l'instant, j'ai la satisfaction de voir que les néonazis qui souhaitaient répandre la haine ont échoué. La preuve, nous sommes autour de la même table. J'aurais presque pu inviter Kylian, le proviseur, M. Faraz et Marceline Ratsifandrihamanana (son nom s'est imprimé dans ma mémoire presque malgré moi).

Ma main est dans celle de Jérémie. Il me transmet sa sérénité sans qu'on ait besoin de se regarder. Plus rien ne nous sépare. Si jamais j'ai douté un moment qu'il était l'homme de ma vie, je n'en suis plus là.

Le reste du monde s'efface quand il est avec moi. D'une certaine manière, il n'y a que nous.

Je contemple l'éclat du soleil d'hiver qui traverse les bâches et nous apporte un peu de chaleur.

Il fait bon vivre ce matin.

REMERCIEMENTS

Grégoire Monroche et Éric de *TheOtherDays.net*.

L'AUTEUR

Né en 1978 à Paris, Fabien Clavel a suivi des études de lettres classiques au terme desquelles il est devenu enseignant. De 2007 à 2011, il a enseigné le français et le latin au lycée français de Budapest avant de se réinstaller en région parisienne.
Il est l'auteur de plusieurs romans de fantasy et de SF chez Mnémos et Pygmalion, ainsi que de textes pour la jeunesse chez Mango et J'ai lu. Il signe avec *Décollage immédiat* (Prix des Incorruptibles 2014) le premier tome d'une trilogie de thriller chez Rageot. Plus récemment, il a aussi publié les séries *Les Vigilantes* et *Panique dans la mythologie* (Prix Imaginales 2017) chez le même éditeur.

DU MÊME AUTEUR,
DANS LA TRILOGIE LANA BLUM

DÉCOLLAGE IMMÉDIAT

CAPTIVE

(août 2019)

DU MÊME AUTEUR

LES VIGILANTES

1. LE FOYER

LES VIGILANTES

2. LA FLAMME

Retrouvez tous les titres de la collection

HEURE NOIRE

sur **www.rageot.fr**

PAPIER À BASE DE FIBRES CERTIFIÉES

RAGEOT s'engage pour l'environnement en réduisant l'empreinte carbone de ses livres. Celle de cet exemplaire est de :
600 g éq. CO_2
Rendez-vous sur www.rageot-durable.fr

Achevé d'imprimer en France en février 2019
sur les presses de Normandie Roto s.a.s.
Couverture imprimée par l'imprimerie Boutaux (28)
Dépôt légal : mars 2019
N° d'édition : 5852 - 01
N° d'impression : 1900508